KB270899

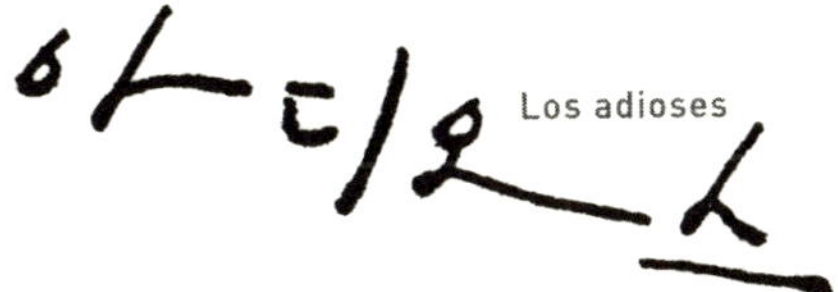 Los adioses

아디오스

Los adioses

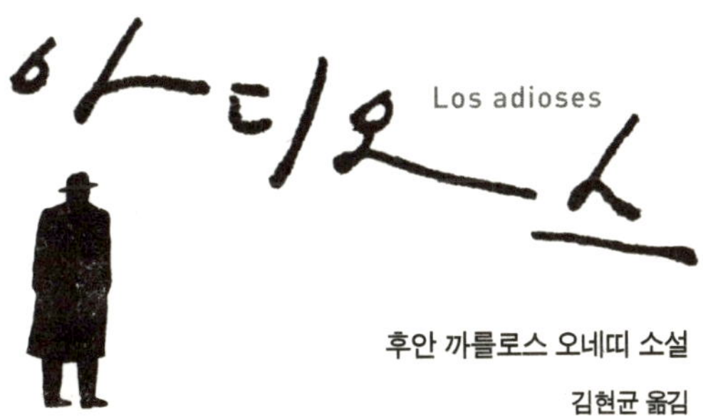

후안 까를로스 오네띠 소설

김현균 옮김

차 례

아디오스의 전략

안또니오 무뇨스 몰리나[*]

좋은 이야기의 기원이 진부한 경우가 왕왕 있다. 『나사의 회전』(*The turn of the screw*, 1898)의 뒤틀린 멋진 플롯은 오래전 한적한 시골집에서 캔터베리 대주교에게 들은 이야기(사악한 하인들의 유령에 시달리는 아이들에 관한 이야기—옮긴이)를 헨리 제임스가 문득 기억에 떠올린 것이었다. 많은 사람들이 오네띠의 걸작으로 간주하며 그 역시 종종 가장 선호하는 자신의 작품으로 꼽곤 했던 『아디오스』의 기원에는 처음

[*] Antonio Muñoz Molina, 1956~ 스페인 현대문학을 대표하는 작가의 한 사람으로, 1995년부터 스페인 왕립학술원 정회원으로 활동하고 있다.

엔 문학적으로 그다지 유망하지 않은—적어도 대부분 그 기억들에서 생겨난 이야기의 강렬함과 관련하여—두 개의 기억이 있다. 그 하나는 오네띠가 청년시절에 동경했고, 나중에 폐결핵으로 죽었다는 것을 알게 된 한 농구 챔피언에 대한 기억이며, 다른 하나는 1945년 그가 세번째 부인과 신혼여행을 보낸 산지 풍경에 대한 기억이다.

이렇게 어떤 때는 한 인물과 한 장소의 교차 속에서, 다시 말해 서로 전혀 관련이 없지만 오랫동안 기억속에 머물러 있다가, 혹은 땅속의 유기물처럼 꼭꼭 숨어서 기억으로 변해가다가, 상상 속에서 뒤섞이는 순간 더 순진했던 시절에 영감(靈感)이라고 불리던 것과 흡사한 일종의 예기치 않은 화학적 반응을 일으키는 경험이나 심상 들의 갑작스러운 조합 속에서 하나의 이야기가 생겨난다. 청년시절부터 기억에 담아둔 병약한 운동선수는 그 모습이 변형되어 오네띠 자신의 부분적인 자화상이 된다. 굼뜬 길쭉한 손, 지나치게 격식을 차린 검은색 옷, 자포자기와 무관심의 분위기, 이야기의 부차적인 내레이터들 중의 하나인 어느 증인의 표현대로 "잠든 물고기 같은 눈"과 '예의 목석 같은 얼굴을 한' 비사교적인 은둔, 그리고 또 "틀림없이 절대 속지 않겠다는 지독한 결심 때문에 스스로 키워간 불신"으로 인해 의심이 많은 그

인물에는 작가의 정신적 자화상이 짙게 드리워져 있다.

아득한 어떤 기억, 정확한 동시에 추상적인 풍경, 내밀한 자서전의 박동은 『아디오스』의 정수를 이룬다. 아주 오네띠적인 교차, 즉 두 여자 사이에 놓인 남자의 교차 역시 그렇다. 그녀들 각자는 오네띠의 작품에서 언제나 되풀이되는 여성성의 다양한 모델들 중의 하나와 일치한다. 성숙하고 충만한 여자는 모성애로 특징지어지며 이미 타락의 문턱에 들어섰고, 세상에 갓 도착한 것 같은 소녀는 겨우 사춘기에 접어들었으며 아마도 그녀를 기다리고 있을 부부 및 어머니로서의 증오와 육체적 성숙의 미래와는 아직 관련이 없다. 오네띠의 세계에서 시간과 경험은 결코 성숙을 가져오지 않고 퇴보와 타락을 초래한다. 폐결핵의 위중함 때문이 아니라 치유 가능성에 대한 무관심 때문에 치료를 단념한 남자는 여자와 소녀의 편지를 받으며, 후에는 그녀들이 자신과 동행하도록—처음에는 연달아, 그리고 나중에는 두 여자의 동시적 출현을 조장하는 무관심 혹은 대담함으로—내버려둔다. 결말은 예측 가능하며 작품의 첫 부분에 예고되어 있다. 존재뿐만 아니라 삶에 대한, 병과 고통에 대한 태도까지 암시하는, 영화에서처럼 클로즈업된 손. 이 도입부는 구불구불 에둘러 말하는 방식에 있어 오네띠의 문학, 아니 아마도 현대 라틴아메리카 문학을 통틀어 단연 압권이다.

『아디오스』에서 벌어지는 사건의 최종적 의미는 『나사의 회전』에서처럼 계속 베일에 싸여 있다. 소설은 우리에게 이야기를 제공하지 않으며, 오히려 서술적 목소리에 지배되는, 이야기에 대한 일련의 접근만을 제공할 뿐이다. 이 목소리는 일정한 거리에 위치한 증인, 오네띠의 작품에 자주 등장하며 포크너(W. Faulkner)의 부차적인 내레이터들과 밀접하게 관련된, 호기심이 많은 동시에 사심 없는 그 증인들 중의 하나의 목소리다. 내레이터는 바라보고 이야기하고, 다른 증인들의 이야기에 귀를 기울인다. 자기 몫의 이야기에 접근한 이 증인들 각자는 관찰하면서, 또 옛 연극의 메신저들처럼 자신들이 알고 있는 것을 도처에 퍼뜨리고 다니면서 사소한 직무를 수행하며 이야기 안에서 움직이는 플롯의 부차적 인물들이다. 간호사, 호텔 웨이트리스, 임대료 수금원. 그들 각자는 바라보고, 염탐하고, 상상하고, 이야기한다. 그리고 불충분한 이야기 토막 하나하나를 받아가는 사람은 다른 인물들이 한잔 하면서 잠시 담소를 나누거나, 편지를 기다리거나, 증인의 책무를 다하기 위해 드나드는 가게의 주인으로, 그도 우리에게 나름의 이야기를 들려준다.

그러나 우리가 아는 것은 언제나 충분치 않으며 불확실

하다. 그리고 아마도 우리가 필요한 주의를 기울여서 읽지 않은 것은 아닌지, 눈치채지 못할 세부사항들도 있다. 가령 닮은 생김새의 암시, 사랑의 열정과 자식으로서의 애정 사이의 애매한 구별, 한때 한 남자를 두고 다투었지만 서서히 죽음에 가까이 다가가는 그와 동행하기로 마침내 뜻을 모은 두 여자 사이의 공모 가능성. 우리는 이야기가 어떤 장소에서 일어나는지 알지 못한다. 심지어는 주동인물들의 이름도 알지 못하며—단지 소년 레비, 군스 박사, 수금원 안드라데, 웨이트리스 레이나처럼 아주 부차적인 몇몇 인물들만 이름이 있다—이러한 무지는 그들이 틈으로 엿본 어렴풋한 존재이자 그들의 진짜 삶이 결코 우리에게 드러나지 않을 존재들임을 강조한다. 우리는 부서진 조각들에 귀를 기울이고, 장면들을 추측하고, 몇마디 말을 포착하고, 타자기로 친 봉투들과 손으로 쓴 봉투들을 본다. 그러나 봉투에 담긴 편지를 읽는 것은 거의 절대적으로 우리에게 허용되지 않는다.

암시와 불가사의 사이의 유희 속에서 후안 까를로스 오네띠의 노련한 솜씨가 펼쳐진다. 그리고 독자는 그 유희 안으로 들어가 일련의 목소리와 증언 들 속에서 자신의 자리를 차지하고는 자신이 보았거나 본다고 믿는 것, 또 사람들이 그에게 들려준 것에 대한 해석에 적극적으로, 거의 수다스럽게 휩쓸린다. 서두에서 나는 『나사의 회전』을 인용했는데, 이는 우연이 아니었다. 두 책에서 우리는 페이지들을 훑어보며 언제나 우리의 손아귀에서 달아나는, 그리고 읽을 때마다 매번 우리에게 더욱 소중해지고 더 교묘하게 빠져나가는 수수께끼를 이해하기 위해 설명적인 세부사항들을 모은다. 『나사의 회전』과 마찬가지로 『아디오스』 또한 중편소설이라는 것 역시 우연이 아니다. 잘 씌어진 중편소설은 장편과 단편의 최상의 장점들은 모으고 둘의 한계는 피한다. 중편소설은 단편의 엄밀한 구성을 요구하는 동시에 장편이 가진 상상력의 비상을 허락한다. 나는 스무살 이후로 『아디오스』를 여러번 읽었으며, 이 작품이 스페인어로 씌어진 최고의 중편소설 두세 편 중 하나임을 확신한다.

이데아 빌라리뇨*에게

---

* Idea Vilariño, 1920~ 오네띠와 같은 문학세대에 속한 우루과이의 여성시인, 문학평론가.

남자가 맨 처음 가게에 들어왔을 때, 차라리 그의 두 손만 보았더라면 좋았을 것을. 아직 햇볕에 그을리지 않은 남자의 길쭉한 손은 확신없이 움직였고, 그의 무심한 행동에 대해 용서를 구하는 듯 느릿하고, 소심하고, 굼떴다. 그는 몇 가지 질문을 했고 어두컴컴한 카운터 모퉁이에 서서 맥주 한 병을 마셨다. 얼굴은—쌘들 밑창과 달력, 그리고 오래되어 하얗게 변색된 쏘시지를 지나—바깥쪽으로, 해질녘의 태양과 진분홍빛 산정(山頂) 쪽으로 향해 있었다. 남자는 자신을 낡은 호텔 입구로 데려다줄 버스를 기다리던 중이었다.

오직 그의 두 손만 보았더라면 좋았을 것을. 내가 100뻬쏘(peso, 꾸바, 멕시코, 아르헨띠나 등 라틴아메리카 국가들에서 많이 사용되는 화폐단위—옮긴이)짜리 지폐를 받고 거스름돈을 내주면서 그의 손을 보았다면 그것으로 충분했을 것이다. 처음엔 손가락으로 지폐를 꼭 쥐어 가지런히 하려고 애를 쓰더니, 이윽고 결심한 듯 단호하게 납작한 공 모양으로 찌그러뜨린 뒤에 멋쩍어하며 코트 주머니에 쑤셔넣었다. 그는 병을 고치지 못할 것이고 또 그에게서 병을 고치겠다는 일말의 의지도 찾아볼 수 없다는 것을 간파하기 위해서는 덕지덕지 기름때가 낀 갈라진 틈투성이의 카운터 목판 위에서 그의 손이 움직이는 것을 보는 것으로 충분했을 것이다.

대개는 손을 보는 것으로 충분하며 내가 실수한 경우를 기억하지 못한다. 언제나 나는 마을(폐결핵 환자들의 요양지로 잘 알려진 아르헨띠나 꼬르도바 주의 산악도시 꼬스낀이 모델이다—옮긴이)에 거주하는 의사들인 까스뜨로나 군스의 견해를 듣기 전에, 아무런 정보도 없이 내 나름의 예측을 했다. 사람들이 트렁크를 든 채 저마다 부끄러움과 희망, 가식과 대담함을 지니고 가게에 들어오는 것을 보는 것 말고는 다른 어떤 것도 필요치 않았다.

간호사는 내 예측이 빗나가지 않는다는 것을 알고 있다.

식사를 하거나 카드게임을 하러 올 때면 그는 늘 나에게 새로운 얼굴들에 대해 묻는다. 그리고 나와 함께 까스뜨로와 군스를 비웃는다. 어쩌면 그저 나를 치켜세우는 것인지도 모른다. 내가 이곳에 거주한 지 십오년 되었고 한쪽 폐를 절단한 지도 십이년이나 되었기 때문에 나를 존중하는 것일 수도 있다. 나는 내가 족집게처럼 알아맞히는 이유는 말할 수 없지만, 나의 이런 이력 때문은 아니라는 걸 안다. 나는 손님들을 바라보고 그저 이따금씩 그들의 말에 귀를 기울일 뿐이다. 간호사는 이해하지 못할 것이다. 아마도 나 역시 완전히 이해하진 못할 것이다. 나는 손님들이 한 말이 어떤 의미를 갖는지, 또 그들이 이곳을 찾아온 연유는 무엇인지 추측하고 나서 둘을 서로 비교한다.

남자가 도시에서 버스를 타고 도착했을 때, 간호사는 창가 테이블에서 식사를 하던 중이었다. 내가 어떤 진단을 내리는지 탐색하려고 그가 눈으로 나를 좇고 있다는 게 느껴졌다. 남자는 트렁크와 레인코트를 들고 들어왔다. 키가 컸고 떡 벌어진 어깨는 구부정했다. 남자는 미소를 띠지 않고 인사를 했는데, 그건 사람들이 그의 미소를 믿지 않는데다 아주 오래전, 그러니까 병들기 여러 해 전부터 그 미소는 무용지물이 되었거나 역효과를 냈기 때문이었을 것이다. 남자가 길과 산 쪽을 바라보고 서서 맥주를 마시는 동안 나는 다시 그를 쳐다보았다. 또 그가 카운터의 바로 내 눈앞에서 지폐를 다룰 때 그의 손을 살폈다. 그러나 남자는 가게를 나가면서 계산하는 대신 맥주를 마시다 말고 동정심을 적대시하는 눈길로 쭈뼛거리며 구석자리에서 천천히 걸어와 돈을 치렀다. 그러고는 물건을 꼭 쥘 수 없이 곱아버린 여린 손가락으로 지폐를 챙겨넣었다. 그는 다시 맥주를 마셨고 가게 안에 우리가 함께 있다는 사실을 애써 외면하며 오로지 아무것도 보지 않으려고 길 쪽을 응시하는 계산된 자세로 돌아갔다. 마치 그에게는 스러지는 봄날의 어스름 속에서 셔츠 바람으로 거의 꼼짝 않고 있는 우리의 존재가 이제 막 하늘빛과 섞이기 시작한 산보다 더 또렷하고, 더 피하기 어려운 상징이라도 되는 듯했다.

"의심이 많아." 간호사가 내 말을 이해할 수 있다면 나는 그렇게 말했을 것이다. "의심이 많아." 나는 그날 밤 혼자서 그 말을 되뇌었다. 예컨대 남자가 틀림없이 의심이 많다는 얘기다. 절대 속지 않겠다는 지독한 결심 때문에 스스로 키워간 불신 말이다. 그 불신 안에는 무의식적으로 그리고 철저히 그것이 생겨나 자라게 한 원인으로 한정된, 쉬이 억제된 절망이, 이미 줄줄 주워섬길 정도로 익숙해진 절망이 있다.

그렇다고 그가 자신이 치료될 수 없다고 생각한다는 것은 아니고 치료되는 것의 가치와 중요성을 믿지 않는다는 얘기다.

남자는 나이가 마흔 언저리로 보였는데, 그의 무기력한 손동작은 미숙함을 드러냈다. 그가 버스를 타러 밖으로 나가자 간호사는 나를 쳐다보기를 멈추고 와인잔을 든 채 창문 쪽으로 돌아섰다.

"그런데 저 사람? 걸어서 떠날까요, 아니면 송장이 되어 나갈까요? 만일 그가 병에 걸렸고 호텔로 가는 거라면 군스가 돌봐줄 겁니다. 그 양반한테 물어봐야겠네요."

간호사는 그 말을 농담으로 했거나, 아니면 나중에 주사를 놓아야 할지도 모른다는 것을 확인해둘 요량이었을 것이다. 나는 자리에 앉아 그와 와인을 마시며 내가 보고 추측한 것에 대해 얘기를 좀 나누고 싶었다. 시간은 있었다. 버스는 승객을 한명도 실어오지 않았고, 산기슭의 작은 집들마다 저녁을 준비하기 시작할 시간이었다. 나는 대화를 나누고 싶었고 간호사는 웃음을 머금은 채 나에게 와인과 안주를 권했다. 그러나 나는 카운터 뒤에서 나가지 않았다. 나는 캔에 묻은 먼지를 떨어내기 시작했을 뿐, 거의 입을 열지 않았다.

"그래요. 그는 병에 걸렸어요. 틀림없어요. 하지만 그리중병은 아닙니다. 가망이 전혀 없진 않아요. 하지만 병을 고치진 못할 거요."

"가망이 있다면 왜 못 고치겠어요? 군스가 그를 죽이기라도 한답니까?"

나 역시 웃었다. 남자가 치료받는 데 관심이 없어서 못 고칠 거라고 말했다면 간단했을 것이다. 간호사와 나는 그런 부류의 사람을 여럿 알고 있었다.

나는 어깨를 으쓱하며 계속해서 캔에서 먼지를 떨어냈다.

"내 말이 그 말이요." 내가 말했다.

그뒤로 남자가 호텔에서 버스를 타고 와서는 가게 앞에서 도시까지 가는 다른 버스를 기다리는 모습이 보이기 시작했다. 그는 가게 안에 들어오는 법이 거의 없었다. 그는 늘 처음 마을에 도착했을 때 입었던 옷만 입었는데, 언제나 넥타이를 매고 모자를 썼으며, 니커보커즈(무릎 아래에서 홀치는 낙낙한 짧은 바지—옮긴이)도 입지 않고 쌘들도 신지 않았다. 또 남들이 하는 알록달록한 스카프와 셔츠도 걸치지 않아 도저히 다른 사람들과 혼동할 수 없는 색다른 차림새였다. 그는 점심시간이 지나 도시에서 입던 옷을 걸친 채 예의 고독한 분위기를 물씬 풍기며 가게 앞에 도착하곤 했다. 흙먼지나 더위와 추위는 아랑곳하지 않고 육체적인 편안함에도 무관심한 고집스러운 모습이었다. 그는 옷과 모자, 그리고 먼지투성이 구두를 통해 자신이 병에 걸려 이곳에 격리되어 있다는 사실을 애써 부정하고 있었다.

나는 간호사를 통해서 남자가 수도행 기차편이 있는 날이면 두 통의 편지를 부치러 도시로 간다는 것과 우체국에서 편지를 부치고 나서 대성당 맞은편 까페 창가에 앉아 맥주를 마신다는 것을 알게 되었다. 나는 그가 가게에서 산 쪽을 바라볼 때처럼 하릴없이 쓸쓸히 교회를 바라보는 모습을 상상했다. 석상과 기둥들, 그리고 어둑한 돌계단을 굽어보며 그는 거기에서 어떤 의미를 받아들이는 대신, 그것들을 집요하게 일그러뜨려 거의 소멸시켜버렸으리라. 그는 모든 것이 그가 가게에서 내게 보여준 가벼운 절망의 의미를 설명하도록 자신이 바라보고 있는 것을 설득하거나 매수하는 달콤하고도 오랜 고집에 몰두해 저도 모르게, 혹은 알았더라도 숨기지 못한 채 고뇌를 드러냈으리라.

그는 우체국 역할도 겸하는 나의 가게에서 편지를 부치지 않으려고 도시로 한 시간 가까이 여행을 했다. 그는 여기가 아니라 거기에 있다는 순진한 게임에 충실한 나머지, 결과가 원인보다 무한히 더 중요하며 원인은 대체되고, 완성되고, 망각될 수 있다고 판정하는 규칙으로 이루어진 게임

을 용납하지 않는, 예의 그 완고하고 강박적인 기질 탓에, 혹
은 그 덕분에 그렇게 행동했다.

그는 호텔에 있지 않았고 마을에 살지 않았다. 군스는 그
에게 요양소로 가라고 권하지 않았다. 그가 편지를 부치러
가게에 들어오지 않는 동안은, 또 도시의 우체국 창구에서
고무패드 위로 편지를 밀어넣는 동안은 언제나 이 모든 것
이 지워질 수 있었다. 그가 마을에 사는 다른 사람들처럼 나
에게 편지를 건네는 대신, 단추가 채워진 소맷부리 토시 속
으로 사라지는 단조로운 익명의 손에, 또 어떤 얼굴이나 상
황을 이해하고 짐작했음을 암시하는 어떤 한 쌍의 눈과도
상응하지 않는 가변적인 손에 편지가 다루어져 소인의 날짜
가 찍히는 것을 지켜보는 순간, 단절은 지워졌다. 스탬프가
두세 단어의 이름 옆에 누구라도 사업차 방문할 수 있는 주
도(州都)의 명칭을 찍으며 봉투를 쾅쾅 때리는 것을 보는 순
간, 현재는 피할 수 있었다.

그러나 이따금 도시에서 돌아오는 길에 그는 맥주를 한
잔 더 걸치려고 가게에 들어왔다. 이런 일은 우체국 직원이
스탬프를 들어올렸다가 부드럽고 탄력있는 소리와 함께 내
리찍는 결정적인 순간에 그가 봉투에 힘겹게 그려넣은 여자
이름이 갑자기 알아볼 수 없게 되어 낭패를 본 오후에 일어

났다. 그때 그 이름은 구체적으로 그 누구도 가리키지 않았고, 고무패드 위에서 불길하게 뒤엉킨 채 어쩌면 병에 걸려 격리된 것이 사실일지도 모른다는 것을 암시하기 위해 그에게 와락 달려들었다.

나는 그가 옆모습을 보이며 말없이 잔을 채우고 비우는 것을 보았다. 그는 카운터에 팔꿈치를 괸 채 지나간 과거조차 변치 않고 고스란히 간직될 수 없으며, 아무리 굼뜬 귀라도 내려가고, 멀어지고, 변하고, 또 계속 살아 있기 위해 과거가 긁어대는 가는 모랫소리에 귀를 기울여야 한다는 생각과 싸우고 있었다. 그는 술에 취하기 전에 가게를 나서 호텔 쪽으로 걸어가곤 했다.

그러나 수도에서 보내오는 편지들은 내가 가게에서 받았다가 소년 레비를 통해 다시 그에게 보냈다. 소년은 우체국에서 급료를 받지 않고 대신 호텔과 요양소, 그리고 내가 지불하는 몇푼의 돈을 받았지만 우편배달부 노릇을 했다. 아마도 남자는 사람들이 똑같은 내용을 말하기 위해 동원하는 각양각색의 표현법을 몰래 훔쳐보려고 봉투를 열어볼 만큼 내가 주변사람들의 상황에 상당히 관심이 많다고 생각했으리라. 그가 편지를 부치러 도시로 간 것도 아마 마찬가지 이유에서였을 것이다. 그리고 몇주 지나지 않아 버스 운전사

가 나에게 홀쭉하고 주름잡힌 우편행낭을 던져주고 난 직후
인 정오 무렵에 그가 가게에 발걸음을 하기 시작했는데, 단
지 초조함 때문만은 아니었으리라.

그는 모습을 드러낼 수밖에 없었다. 그는 쌀라미와 달력
이 걸려 있는 구석자리에서 빠져나와 나에게 억지로 말을
시키길 좋아했는데, 나를 설득시키려 들지도 않았고 철자가
변형된 귀족 성씨들에 대한 무관심을 감추지도 않았다. 그
는 자신이 원하는 것은 매번 자기 앞으로 온 편지가 있는지
를 묻는 번거로움을 피하기 위해 나에게 자기 이름을 기억
시키는 것뿐임을 정중하게 보여주었다.

그는 처음에는 매주 네댓 통의 편지를 받았다. 그러나 얼
마 안 있어 나는 우정의 편지나 사업상의 편지가 들어 있는
봉투는 제쳐두고 오직 정기적으로 도착하는 동일인이 쓴 봉
투들에만 관심을 두게 되었다. 두 가지 유형의 봉투가 있었
는데, 하나는 청색 잉크로 쓴 것이고 다른 하나는 타자기로
친 것이었다. 그는 편지봉투를 호주머니에 챙겨넣기 전에
정확하고 빠른 곁눈질로 분간하려고 애를 썼다. 그러고는
어두컴컴한 구석자리로 돌아가 파리와 연기 때문에 글자가
흐릿해진 토속적인 달력 종이 앞에서 옆얼굴을 원래의 위치
로 되돌리고 내게서 한 통의 편지도 건네받지 못한 날들과

마찬가지로 태연하게 다시 계속 맥주를 마셨다.

의사인 군스는 그에게 걸어다니는 것을 금했다. 그러나 그는 호주머니에 타자기로 친 봉투가 들어 있을 때만 버스를 타고 호텔로 돌아갔다. 편지를 서둘러 읽기 위해서가 아니라 자기 방에 틀어박힐 필요가 있어서였다. 그는 침대에 드러누워 침침한 눈을 천장에 고정하거나, 혹은 기대에 대한 두려움 때문에 격렬하고 강박적으로 창문에서 문까지 혼자서 왔다갔다했다. 편지는 아직 호주머니에 들어 있거나 다른 쪽 손에 쥐여 있거나, 아니면 테이블에 있는 책 세 권과 그가 한번도 사용한 적 없는 물주전자 옆 녹색 압지 위에 놓여 있었다.

그가 관심을 보인 편지는 두 종류였다. 하나는 녹색의 큼직하고 둥근 여자 글씨체로 씌어진 것이었는데, 대문자는 음표와 흡사한 꼴이었고 Z는 아라비아숫자 3처럼 위아래가 쌍둥이 꼴이었다. 그로 하여금 군스의 지시대로 버스에 오르게 하는 봉투들 역시 확연히 여자가 보낸 것으로 길쭉하고 갈색이었는데, 거의 언제나 가운데가 또렷하게 접혀 있었고 지저분하고 들쭉날쭉한 활자의 낡은 타자기로 친 것이었다.

봄이 한창이었고, 우리는 은밀하고 약한 햇빛과 서늘한

밤, 쓸모없는 소나기 때문에 혼란스러웠다. 간호사는 매일 활기찬 억지웃음과 농담을 흘리며 앰풀이 가득 든 서류가방을 들고 호텔로 올라갔다. 호텔 저장고에 채워넣을 식료품을 구입하거나 리본이나 향수, 아니면 무엇이건 주 1회의 도시여행 때까지 기다릴 수 없는 것들을 사려고 웨이트리스들이 종종 가게로 내려왔다. 그녀들은 남자에 대해 이야기했는데, 다른 손님들이 도착했어도 그는 여러 주 동안 계속해서 '뉴 페이스'였기 때문이다. 간호사 역시 그에 대한 얘기를 들려주었는데, 내 귀를 즐겁게 할 필요도 있었고 또 그 남자가 나의 흥미를 끈다는 것을 간파했기 때문이다. 간호사는 가게에서 떨어진 차고에서 지냈고, 하는 일이라고는 주사를 놓고 도시의 은행에 돈을 입금하는 게 전부였다. 그는 홀몸이었고, 고독이 지긋지긋할 때면 그와 나는 동행이 있음을, 우리를 주목하는 눈과 귀가 있음을 확인하기 위해 어떤 천박한 짓거리라도 벌일 수 있었다. 나는 다른 사람들 얘기만 했을 뿐 나 자신에 대해서는 말하지 않았다.

사람들이 가게에 와서 노닥거리곤 했다. 점차 나는 키가 크고 구부정한 남자의 모습에 눈길을 주기 시작했다. 그는 어깨 골격이 놀라울 정도로 떡 벌어졌고, 동작은 느렸지만 조심스럽지는 않았다. 또 독특한 형태의 소심함과 거만함 사이에서 균형을 유지했다. 그는 늘 호텔 식당의 창가 자리에 혼자 떨어져서 식사를 했다. 언제나 무심한 산과 시간을 향해 고개를 돌린 채, 지난날을 떠올려주는 얼굴들과 대화들, 그리고 자신의 현재 상태로부터 도망쳤다.

나는 바의 작은 접이식테이블이 있는 로비에서 그가 따분해하면서도 끈기있게 책이나 신문을 읽고 있는 모습을 보기 시작했다. 그는 호텔 투숙객들, 그리고 그들을 하나로 맺어주는 것들로부터 일체의 관련을 끊고 자유로워지기 위해서는 하루에 서너 시간씩 그들에게 추억 없는 자신의 텅 빈 모습을 보여주는 것으로 족하다는 것을 맹목적으로 받아들이고 있었다. 그는 그렇게, 고리버들 안락의자에 느긋하게 앉아 다리를 쭉 뻗은 채, 너그럽고 향수어린, 가벼운 미소를 억지로 입술에 머금었다. 비정상적으로 빠른 다른 사람들의 걸음걸이나 넓은 보폭, 그리고 그들의 꾸민 목소리에 관심이 없었다. 또 그들을 흠뻑 적시는 것처럼 보이는 강렬한 냄새에도 무관심했는데, 그 정도로 격렬한 냄새면 그들 모두를 결합시키고 그들을 한 종족처럼 무리짓는 비밀을 지키기에 충분하다고 확신하는 듯했다.

하루에 서너 시간씩 사람들 사이에 있거나 그들과 떨어져 있으면서, 그는 불신을 습관으로, 확고한 동맹자로 변화

시켰다고 믿는 것 같았다. 무심함을 가장한 그의 용의주도한 연극은 병원에서 진단을 받기 전에 존재했던 모든 것에 그를 계속 묶어두기에 충분했다.

나는 내가 그에게 호감을 갖게 되었는지 전혀 알 수 없었다. 때로는, 곰곰이 생각해보았지만, 결코 그를 이해할 수 없으리라는 생각에 이끌리곤 했다. 그곳, 호텔 바에서 그는 미지의 인물이었다. 그는 결코 자신은 사용할 일이 없을 것이라고 확신하면서 층계 옆 구석자리에 얌전히 놓여 있는 저울을 등지고 있었다. 그는 누군가가 체중을 재려고 저울에 올라설 때 내는 금속음과 다른 사람들이 지껄이는 말에 무관심했다. 분명 그는 저울을 이용할 일이 전혀 없었을 것이다. 점심식사 전후에―가게에 와서 말없이 자기가 기다리는 편지를 나에게 요구하기 직전과 직후에―그는 강에 이를 때까지, 강바닥의 희고 둥그런 바위들과 그 바위들 틈에 휘감기며 고집스레 반짝이는 초라한 물의 띠에 가까이 다가갈 때까지 호텔 경내를 거닐었다. 그는 다섯 개의 교각을 쳐다보며 생각에 잠겼고, 덤불과 붉은 흙을 헤치고 호텔 쓰레기장까지 내려가 마분지 상자, 빈병, 채소 찌꺼기, 솜뭉치, 누런 신문지 따위를 발로 휘저었다.

나는 정오 때마다 계속 그가 도회풍 쥐색 슈트를 걸치고 목덜미까지 모자를 푹 눌러쓴 채 나에게 건성으로 소리없이 짧은 인사를 건네며 가게에 들어오는 것을 보았다. 호주머니에 편지를 넣은 채, 아니면 편지 없이 맥주를 마시려고 그가 구석에 자리를 잡으면, 나는 끈질기게 그의 눈을 살피며 그 깊은 밑바닥에서 발견할 수 있는 원한의 강도와 성격을 가늠해보았다. 길들여지고 꾹꾹 눌러 참은, 결정적으로 변질된 원한. 그는 내 시선을 피하려고 고개를 틀어 산중턱의 그루터기와 오솔길, 그리고 쏟아지는 햇살 아래서 새하얗게 반짝이는 작은 집들을 바라보았다.

11월 초 어느날 밤 간호사가 가게에 와서 자리에 앉더니 싱글거리며 도발적으로 말을 던졌다. 나는 그에게 와인과 그가 평소에 즐겨 먹는 치즈 쌀라미 접시를 내주었다. 나는 그를 등진 채 휘파람을 불며 잠든 파리를 죽었다.

"아세요?" 마침내 간호사가 운을 뗐다. "생각지도 못한 일이에요. 그치가 어떤 사람인지 아시죠, 그렇죠? 그가 호텔에서 떠나는 모양입니다. 너무 주둥이를 놀려 지쳤거나, 아니면 이제 이야기 밑천이 다 떨어진 게죠. 어느날 오후, 그가 테라스에서 고메사의 금발여자들과 마주쳤는데 '안녕하세요'라고 인사를 해야 했으니까요. 틀림없이 착각했던 거지요. 그는 결코 때에 맞게 인사하지 않으려고 조심합니다. 아침엔 '좋은 오후입니다'라고 인사를 하고 오후엔 '좋은 밤입니다'라고 인사를 해요. 자신이 얼마나 정신나간 사람인지 알리기 위해서죠. 부러 그러는 것이어서 바로잡을 생각도 하지 않아요. 자신이 아무 생각없이 인사를 건네고 또 주변에서 무슨 일이 일어나고 있는지도 모른다는 것을 만천하에 드러내기 위해서 말입니다."

이따금 그는 쌀라미와 치즈가 눈에 띄게 뒤섞인 것을 씹으려고 말을 중단했다. 또 때로는 말을 하면서 씹기도 했다. 간호사의 냉정하고 완강한 증오는 군스가 처방한 주사를 그 남자가 맞기를 거부한 데서 생겨났을 리 만무하다는 생각이 들었다. 그 기원에는 이해할 수 없는 굴욕, 은밀한 모욕감이 자리하고 있을 것 같았다.

"그가 호텔에서 떠나요. 얘깃거리가 다 떨어진 게 분명해요. 한번은 식당에서 웨이터와 비에 대해 이야기했고, 또 웨이트리스에게 더운 물이 몇시까지 나오느냐고 물었을 정도니까요. 그는 아직 작별을 고하지 않았고, 계산서를 청구하거나 혹은 그의 설명을 듣고 싶어하는 누군가에게 상황을 설명해줄 용기를 내지 못했어요. 이제는 아무도 그에게 말을 걸지 않아요. 설령 말을 건다고 해도 농담이거나, 그 무표정한 얼굴과 잠든 물고기 같은 눈으로 그가 고개를 저을지 아니면 끄덕일지 알아맞히기 위해서죠."

나는 그를 기쁘게 하고, 또 그의 말을 귀 기울여 들었다는 것을 보여주려고 빙그레 웃었다. 나는 계속해서 파리채를 휘둘렀을 뿐 질문은 하지 않았다.

"눈이 잠든 물고기 같다는 얘기는 키 큰 웨이트리스인 레이나한테 들었어요." 간호사가 확인해주었다. "아직 그는 작별을 고하지 않았어요. 그러나 어느날 오후 그는 씨에스따 시간에 찬찬히 쓰레기장을 살피는 대신 안드라데와 이야기하기 위해 산으로 올라갔고 포르투갈 처녀들의 산장을 임대했어요. 산장에서 있었던 일에 대해서는 까맣게 모르는 게 분명해요. 그가 아무하고도 말하지 않는데, 누가 귀띔해주겠어요?"

"상관없어요." 내가 말했다. "그가 벌써 병에 걸렸다면……"

"물론입니다. 전염 가능성 때문에 그런 말을 한 건 아니에요. 하지만, 어쨌든, 세 자매가 죽은 집이고 여자 사촌까지 치면 넷이나…… 모두들 스물다섯에. 희한한 일이에요."

"마지막에 죽은 여자는 페레이라 자매들의 사촌이 아니

었어요." 내가 하품을 하며 말했다. "더군다나 그 남자가 다시 스물다섯살이 되는 일도 없을 겁니다."

간호사는 마치 내가 누구를 놀리기라도 한 양 웃기 시작했다. 나는 블라인드를 치면서 안드라데의 낮잠을 깨우기 위해 산기슭을 올라가는 남자를 머리에 그려보았다. 기다랗고 굼뜬—모순어법처럼, 거의 신성모독처럼—몸뚱이를 중개와 수수료 흥정의 어둠속에 들여넣고 있는 그를, 나지막하고 경직된 목소리로 싼 매물과 가격과 건물의 세부에 흥미를 보이는 그를. 앉아서 사기당하는 그를. 한쪽 벽에 걸린 기발하고 거대한 산악지도로 시선을 돌리는 그를. 정돈하겠다는 무모하고 터무니없는 계획 속에서, 결코 개통된 적 없는 거리와 대로들에 해당하는 굵고 흰 선들이 바둑판 모양으로 뻗어 있고 가공의 명칭들을 오르내리며 타이어가 닳을 일이 결코 없을 버스 노선을 예고하는 파란색, 빨간색의 굽은 화살표들이 뒤엉켜 있었다. 남자는 안드라데가 임대나 판매를 위탁받은 집들의 대략적인 위치를 지도 위에 표시해놓은 알록달록한 핀 대가리들을 쳐다보았다. 그 집들을 뒤덮은 뿌연 먼지를 뚫고 새어나온 경고와 약속의 섬광을 발견하려고 애쓰면서.

안드라데는 땀에 젖은 채, 미소지으며, 그에게 방이 네 개

딸린 페레이라 자매들의 작은 집을 권했다. 처음에는 조심스럽게, 그리고 나중에는 거의 강권하듯 침을 튀기며. 그 집에는 화사한 크레톤 사라사를 씌운 가구들과, 뭔가 함께할 소일거리를 찾기 위해 처녀들이 생각해내고 번갈아가며 작업한, 빛바랜 우아한 터치가 있었다.

남자가 페레이라 자매들의 집으로 결정한 것은 이상한 일이었다. 방이 세 개 남는다는 것도 그렇고, 오후마다 그가 지나치던 것과 거의 똑같은, 바싹 마른 강바닥의 바위들 위에 놓인 다리와 호텔의 쓰레기장 풍경이 베란다에서 곧장 바라다보인다는 것도 이상했다.

"그치가 그 집을 빌릴 만한 돈을 가졌을 거라고 보세요?" 잠자러 가기 전에 간호사가 물었다. "안드라데가 틀림없이 바가지를 씌웠을 거라는 사실은 차치하더라도 말이에요."

그러나 그는 얼마 지나지 않아 아직도 더 많은 돈을 쓸 수 있다는 것을 증명해 보였다. 왜냐하면 여러 주가 지났는데도 그는 계속 호텔에 머물렀고, 매일 오후 점심때부터 저녁때까지는 산중턱의 작은 집으로 가서 방안에 틀어박혀 있거나, 아니면 다리와 산자락 사이, 강으로 거의 수직으로 잘린 지점을 바라보며 베란다에서 휴식을 취했기 때문이다.

"그가 포르투갈 처녀들 중 한명과 사랑에 빠졌던 게 분명

해요." 간호사가 자신의 생각을 말했다. "아마도 그치만큼
이나 수다스러운 둘째일걸요. 하루는 그가 호텔에서 술을
여섯 병이나 사서 산장으로 가져갔어요. 이젠 왜 그가 거기
에 틀어박혀 있는지 알겠어요. 더군다나 그가 형씨한테서도
술을 샀을 수도 있잖아요."

그런데 하루는 정오에 남자가 우편물을 싣고 오는 버스
보다 먼저 가게에 도착했는데, 카운터로 다가오지도 않고
맥주를 주문하지도 않았다. 그는 가게 밖에서 호주머니에
양손을 찔러 넣고 양다리를 쭉 뻗은 채 나무에 기대어 있었
다. 처음으로 넥타이도 매지 않고 모자도 쓰지 않은 차림이
었다.

여자가 나에게 등을 보이며 천천히 버스에서 내렸다. 비
만까지는 아니지만 몸집이 통통한 여자는 튼실한 다리를 뻗
어 조심스럽게 땅바닥을 밟았다. 두 사람은 포옹했고 남자

는 버스 선반에서 짐을 내리고 있던 운전사를 도와주려고 그녀에게서 떨어졌다. 두 사람은 서로 마주 보며 웃었고 다시 입을 맞추었다. 그들이 가게 안으로 들어왔다. 여자는 테이블에 앉고 싶어하지 않았고, 그들은 서로 눈을 맞추며 환한 카운터 가장자리에서 음료수를 시켰다. 남자는 정신이 없을 정도로 말을 쏟아냈다. 잠깐씩 말을 멈출 때는 여자의 팔뚝을 쓰다듬었다. 그들은 산더미 같은 말이 한결 수척해진 남자의 얼굴 모습을 바꿔놓을 수 있다고, 또 예상할 수 있는 질문을 여자가 던지지 않는 한 심각한 어떤 것을 모면할 수 있다고 믿으며 계속해서 정신없이 말을 주고받았다.

남자가 말을 내뱉을 때마다 여자의 입은 거의 언제나 판에 박은 기쁨의 탄성을 연발하며 썬글라스 아래서 쉽게 열렸다. 내가 써빙하는 동안 그녀는 나에게 두 번이나 미소를 지었는데, 존재하지도 않는 호의에 대해 그렇게 나에게 감사를 표하고, 또 나의 우정이나 친절의 의미를 과장했다.

"아니야." 그가 말했다. "그럴 거 없어. 그런다고 득 될 게 없잖아. 물론 그 돈을 쓰지 않는 게 좋겠지만, 꼭 돈 때문만은 아니야. 호텔에 의사도 있고 필요한 건 뭐든 다 있어."

여자는 확신없이 나지막이 속삭이며 잠시 고집을 부렸다. 그녀는 남자의 그 어떤 계획도 무산시킬 수 있다고, 그리고 그가 그녀의 냉담한 거부와 무관심을 이기기란 불가능하다고 확신했음에 틀림없다. 그는 카운터에서 물러나 차로 그들을 호텔까지 데려다달라고 레이바를 설득하기 위해 나무 그늘께로 갔다. 레이바는 도시로 가는 두 여자를 태우려고 요양소에서 오는 버스를 기다리던 중이었다. 결국 그는 그러겠다고 했다. 아마도 남자가 그에게 평소 요금에 웃돈을 얹어주겠다고 제안했을 것이다. 어쩌면 자기가 돌아올 때까지 여자들이 꼼짝없이 가게에서 기다릴 수밖에 없을 거라는 계산이 섰을 수도 있다.

썬글라스를 낀 여자가 나에게 짧고 정확한 미소를 보냈다.

"그를 어떻게 만났죠?" 그녀가 물었다. 나는 남자가 편지에서 그녀에게 내 얘기를 했고, 우리가 주고받은 대화와 우정에 대해 분명 거짓말을 했다는 것을 눈치챘다.

그녀는 잠시 뜸을 들였다가 마치 그 정보가 상황을 호전시키기라도 한 것처럼 생기있고 기쁨에 넘치는 목소리로 나에게 말했다.

"틀림없이 신문에서 그의 이름을 본 모양이군요. 아마도 기억하고 계실 테죠. 모두들 이구동성으로 그가 최고의 국가대표 농구선수였다고들 해요. 세계적인 선수였지요. 그는 미국선수들과 맞서싸웠고 마지막 해에는 올스타 팀과 함께 칠레까지 원정을 갔어요."

　마지막 해란 그 증세가 시작되었음을 알아챈 바로 그해임이 틀림없었다. 기쁘지는 않았지만 나는 흥분했다. 그의 떡 벌어진 어깨와 지금 그 어깨를 구부정하게 짓누르고 있는 지나친 굴욕, 그리고 눈에 서린, 길들여진 그 원한을 이제야 비로소 이해할 수 있었다. 그 원한은 건강과 어떤 유형의 삶, 그리고 한 여자를 잃은 데서, 또 무엇보다 자긍심에 대한 권리와 확신을 상실한 데서 비롯된 것이었다. 그때까지 그의 삶은 자신의 몸뚱이에 의지한 것이었다. 어찌 보면 그의 몸뚱이가 그 자신이었던 셈이다.

　나는 새로운 형태의 연민을 받아들였고, 그를 더 허약하고, 더 황폐화되고, 더 젊은 사람으로 가정했다. 나는 『엘 그라피꼬』(1919년에 창간된 아르헨띠나의 유력한 스포츠 잡지—옮긴이) 지의 브로마이드 속에서 그를 보기 시작했다. 사진 속에서 그는 짧은 바지에 이니셜이 새겨진 흰 셔츠를 입고 그와 똑같이 차려입은 관중에 둘러싸인 채 미소짓거나 혹은 스타나 영웅들에 어울리는, 따분함과 겸손함이 뒤섞인 야릇한 표정을 지으며 시선을 피하고 있었다. 그는 청년 중의 청년이었고 막 빗어넘긴 머리는 반짝거렸다. 그는 조악한 대중지에서조차 피부의 건강한 윤기, 매끄럽고 번들거리는 고갈될

줄 모르는 남성적 힘의 광채를 과시하고 있었다. 그가 옆얼굴의 4분의 3을 번쩍이는 플래시에 노출하려고 고개를 한쪽으로 돌린 채 한 손의 다섯손가락으로 공을 붙잡거나 공을 감싸려는 제스처를 취하며 웅크린 모습을 보았다. 그리고 또한 그가 트로피와 기념품 들, 우승컵, 우승기, 연회의 헤드 테이블 사진들에 둘러싸인 채 어두운 방에서 판독도 못하면서 혼자 구불대는 첫 엑스레이 사진을 살펴보는 모습을 보았다. 나는 그가 강렬한 조명이 하얗게 쏟아지는 코트에서 땀에 젖은 채 천진하고 행복한 표정으로 달리고, 점프하고, 몸을 웅크리는 것을 볼 수 있었다. 그는 자신의 기다란 반라의 몸을 확신했고, 20분 1쿼터 각각의 영원함을 믿었으며, 또 관중이 감사의 마음을 표하거나 뭔가를 요구하기 위해 뜨겁게 연호하는 이름은 그 자신을 표현하는 데 소용이 되며 무언가 실제적이고 영원한 것을 나타낸다고 확신했다.

썬글라스를 낀 여자가 그곳에 체류하는 동안에는 손으로 쓴 봉투도 타이프로 친 갈색 봉투도 도착하지 않았다. 그들은 호텔에서 지냈고, 남자는 쓰레기장으로도, 페레이라 자매들의 산장으로도 돌아가지 않았다. 두 사람은 팔짱을 낀 채 근방을 거닐었고, 말과 작은 마차를 임대해 산을 오르내렸다. 두 사람은 그녀가 어깨에 메고 온 라이카 사진기로 사진을 찍기 위해 그림 같은 배경 앞에서 뻣뻣한 자세로 포즈를 취하며 번갈아 미소를 지었다.

"마치 신혼여행중인 것 같네요." 간호사가 흥분을 가라앉히며 말하곤 했다. "결국 그치에게 필요한 건 여자였어요. 그녀와 떨어져 지내는 걸 못 견디는 게 분명해요. 이젠 영 딴사람이 됐어요. 그들이 호텔에서 한잔하자고 날 초대했는데, 글쎄 그치가 나한테 마을의 오만가지 것들에 대해 꼬치꼬치 캐물었다니까요. 그들은 이제 그가 병에 걸렸다는 것 때문에 속을 태우지 않아요. 함께 있을 때면 그들은 언제나 손을 꼭 잡고 있고, 또 주위에 사람들이 있어도 아랑곳하지 않고 입을 맞춰요. 만약 그녀가 머물 수만 있다면(주말에 떠날 거예요), 그땐 남자의 병이 낫는다는 데 뭐라도 걸겠어요. 정오에 두 사람이 아페리티프를 마시러 올 때 그런 모습을 못 보나요?"

간호사 말에 일리가 있었고 전혀 이의를 제기할 수 없었다. 그럼에도 불구하고 나는 그의 말을 믿지 않았고, 그게 어떤 종류의 믿음에 관한 문제인지, 눈으로 본 것에 내가 어떤 계략을 보탰는지조차 알지 못했다. 심지어는 어떤 터무니없는 불쾌한 기대가 나로 하여금 감동받지 못하게 하는지, 또 잔들 사이로 집요하게 손을 어루만지면서, 달콤한 목소리로 장래의 계획을 제안하고 평하면서 그들이 매일 내 눈앞에서 빚어내는 행복을 받아들이지 못하게 하는지 알지 못했다.

여자가 떠나자 남자는 다시 임대한 집을 찾았는데, 어떤 때는 점심도시락을 싸들고 아침부터 찾아갔다. 또 호텔의 구석 테이블에 말없이 혼자 외떨어져 앉아 밤까지 모습을 보이지 않았다. 그는 은근히 우울해 보이는 회색빛 시선으로 모든 친밀함의 흔적을 지워버리며, 이주 전에 자신이 무너뜨렸던 분리의 벽을 서둘러 다시 쌓고 있었다.

그리고 여자가 떠난 지 이틀 뒤부터 편지가 다시 도착하기 시작했다. 큼직하고 정성스러운 글씨체로 쓴 봉투들과 낡은 잉크리본의 타자기로 친 봉투들이 다시 한번 짝을 이루어 도착했다.

마치 처음 만난 사이처럼 남자와 나는 그렇게 데면데면하게 지냈다. 그는 이따금 맥주병 너머로 자신의 옆모습을—그는 다시 넥타이를 매고 모자를 쓴 예전의 엄격한 도회적 옷차림으로 돌아갔다—되풀이해서 보여주기 위해, 또 습관적인, 그러나 결코 선포된 적이 없는 결투에 나를 끌어들이기 위해 저녁때 가게에 들어와 카운터 구석에 자리를 잡곤 했다. 그는 나를 사라지게 하려고, 내가 고집스레 부여했던 좌절과 불행의 증거를 지우려고 안간힘을 썼고, 나는 병과 격리와 죽음, 이 모든 것이 진실임을 그에게 납득시키는 불안한 승리를 위해 분투했다. 그는 따로 인사말을 건네지 않고 옅은 미소를 띤 채 내 눈을 쳐다보며 들어오곤 했다. 그리고 편지를 건네받자마자 나에게서 시선을 거두었다. 그는 허둥대거나 더듬거리지 않으려고 애쓰며 편지를 외투 주머니에 챙겨넣었다. 봉투를 매만지는 다섯 개의 손가락과는 전혀 별개인 양 머리와 몸통은 미동도 하지 않았다. 가끔은 맥주를 주문했고, 어떤 때는 고맙다는 말을 남기고 그냥 가버렸다. 그때는 그가 정말로 웃었는데, 그는 그 미소와 고맙다는 말로 단지 나를 안심시키고 편지에 적혀 있는 내용은 내 책임이 아니라고 말하려고 애썼을 뿐이었다.

"군스 말로는 그의 상태가 더 악화되었답니다." 간호사가 말했다. "그러니까, 호전되지 않았다는 거죠. 정체상태 말입니다. 아시다시피, 어떤 때는 정체상태를 달성하면 기뻐하죠. 그러나 다른 경우에는 정반대로 사람이 쇠약해져요. 그런데 그가 어떻게 병세가 좋아지겠어요? 단지 사람들 눈에 띄지 않고 술에 취하려고 집을 임대한 게 틀림없어요. 그는 요양소로 가야만 할 거예요. 내가 군스였으면, 그치는 이미 하루 24시간 앓아누워 있을걸요. 군스는 그에게 제대로 겁을 주어야 해요."

나는 생각했다. 남자에게 겁을 주려면…… 다른 세상, 다른 존재들, 다른 위험들을 꾸며내야만 할 것이다. 죽음만으로는 충분치 않았다. 그의 두 눈과 손의 움직임에서 나타나는 종류의 공포는 죽음에 대한 상념으로 커질 수도 없었고, 또 그렇다고 치료계획을 통해 진정될 수도 없었다.

마을이 사람들로 북적거리고 알록달록한 뽄초와 승마바지 차림에 모자와 썬글라스를 쓴 숱한 선남선녀들이 산과 도로와 호텔로, 댄스홀을 갖춘 바로, 그리고 심지어 나의 가게로 흩어졌을 때 우리는 처음처럼 그렇게 지내고 있었다. 운수 좋은 해였다. 여기 거주하는 동안 갈수록 더 규모가 크고 더 시끌벅적하고 더 흥분된 채로 열다섯 번이나 밀려오는 걸 보았던 바로 그 인파였다. 그리고 남자는 그 파도 속으로 사라졌다. 간호사와 호텔 웨이트리스들은 더이상 나에게 소식을 가져오지 않았다. 그들은 그를 시야에서 놓쳤고, 나 역시 가게 일로 경황이 없어 아무 생각 없이 무덤덤하게 편지를 건네주었을 뿐이었다. 그러나 전적으로 그랬던 것만은 아니다. 가상의 결투는 계속되었기 때문이다. 가게가 텅 비거나 마지막으로 한잔 걸치려고—그들은 휴가중인데다 가게의 홀은 더럽고 지저분했고, 또 아주 거칠고 형편없는 오크통의 포도주가 그들을 놀라게 했으며, 부에노스아이레스에서는 아무도 감히 이런 곳에 들어오려고 하지 않았을 테니까—피해 들어온 한 무리의 남자 여자들만 남은 밤이면 나는 그를 생각하는 데 몰두했다. 나는 그가 나로부터 숨기 위해 쇄도하는 관광객들을 이용하겠다는 어처구니없는 결정을 내렸다고 생각했다. 또 예측이 빗나가는 것을 막으려면 부득이 내가 그만큼 잔혹해지지 않을 수 없었고, 그를 계속 파국으로 치닫게 하기 위해서는 나의 예측을 기억하고 나의 무의식적인 저주를 기억하는 것으로 족하다고 확신하며 그의 운명을 완수해야 할 책임이 있음을 느꼈다.

그는 연말이 가까워진 무렵에 버스를 타고 도시로 편지를 부치러 가던 것을 그만두었다. 그는 호텔부터 걸어서 갔다. 이따금 나는 그가 날씨와 장소를 전혀 가리지 않는 옷차림으로 가게 앞을 지나가는 것을 보았다. 그는 결코 마을에 도착한 적이 없는 사람처럼 우리에게서 아주 동떨어진 채, 뭔가에 억눌린 사람처럼 넋을 놓고 걸었다. 걷는 동작과 상관없이 한 팔은 뻣뻣하게 굳어 있었다. 나는 그의 코트 주머니에 조금 전에 쓴 편지가 들어 있다는 걸 알고 있었다. 그는 주머니에 한 손을 찔러넣은 채 불안한 마음과 확신에 대한 필요성 때문에 편지를 꼭 움켜쥐었다. 그에게는 상처의

형식과 고통, 그리고 그 결과를 미리 내다보는 것이 불가능
한 것 같았다.

전적인 것은 아니지만, 아이디어를 낸 사람은 간호사였다. 게다가 나는 그가 그 아이디어를 믿지 않았으며, 그가 그 제안을 한 것은 나나 가게를 놀리려는 게 아니라 아이디어 자체를 우롱하려는 속셈이었다고 생각한다. 우리는 자동차들이 지나가는 것을 바라보고 있었다. 우뚝 솟은 번쩍거리는 자동차들이 길 위에 흙먼지를 피워올리며 그 먼지 속을 드나드는 것이 보였다. 그때 한 웨이트리스가 웃음을 터뜨리며 카운터에 작은 아니스 술잔을 올려놓았다. 레이나였다. 사람들 애기로는 그녀가 간호사와 결혼할 생각이라고 했다.

"만약 저 검정 세단이 호텔 쪽으로 간다면, 곧 돌아올걸요." 레이나가 말했다. "혹시 차가 방향을 틀었는지 봤어요? 우린 월요일부터 빈방이 전혀 없어요. 사방에 접이식 침대를 놓을 지경이라니까요. 2월까지는 예약이 꽉 찼을걸요."

이제 그녀는 정색을 하고 으스댔다. 그녀는 입을 삐죽거리며 술잔을 비웠고, 내 눈을 쳐다보며 나에게 감탄과 질투를 원하고 있었다.

"로얄도 사정은 마찬가지예요." 간호사가 말했다. "다들 어디로 비집고 들어갈지 모르겠어요. 사람들이 꾸역꾸역 도착하고 있어요. 다시 말하지만 로얄에서는 이미 크리스마스이브와 12월 31일 테이블 예약이 완전히 끝났거든요. 나 같으면 이곳을 세제로 깨끗이 닦고 나서 라디오를 틀어놓고 근사한 댄스파티를 열겠어요." 웨이트리스 레이나가 다시 웃기 시작했다. 그러나 그저 흥분한 탓에 손수건으로 땀과 아니스 술을 훔치며 짧고 가볍게 웃었을 뿐이다.

"그렇게 해보지그래요?" 그때 간호사가 정색을 하고 말했다. "정말 진심으로 하는 말이에요. 그 이틀 밤 동안에는 축하하기 위해 마땅히 춤추고 취할 곳을 찾지 못하는 사람들이 한둘이 아닐걸요. 그들이 어떤지 아시잖아요."

그는 내가 말해주어서 알고 있었다. 모두들, 예컨대 몸이 성한 사람들과 그렇지 않은 사람들, 마을을 잠시 지나치는 사람들과 지나치는 중이라고 아직도 확신하고 있는 사람들, 한데서 갑작스럽게 소나기를 만나듯 불시에 파티에 끼어든 사람들, 호텔과 단조로운 적백색 오두막에 사는 사람들…… 두 전야(前夜)에는 누구나 해질녘부터 용납되는 특별한 형태의 광기를 나타냈다. 비록 그들이 제아무리 계획을 세우고 계산을 한다 해도, 날짜를 손으로 꼽는다 해도, 또 느끼게 될 감정을 미리 예상하고 그 감정을 피하기 위해 안간힘을 쓰거나, 아니면 그 감정을 앞당기고 그것을 강화해 격렬함이 절정에 이르게 하려는 욕망에 사로잡힌다 해도, 날짜들은 언제나 불시에 그들을 덮쳤다. 그때 사람들은 흡사 개나 말 같은 짐승처럼 보였고, 자신들의 운명과 처지에 대한 순종을 반항과 공포, 기만적이고 무지막지한 탈주 시도와 뒤섞었다. 나는 그 이틀 밤에 사람들이 웨이터와 테이블의 동료들, 그들을 볼 수 있는 모든 사람들, 그리고 산위에 펼쳐진 아득한 여름 하늘과 뿌연 욕실거울에, 비난과 냉혹한 광채로 뒤덮인, 뭔가를 갈망하는 이글거리는 두 눈을 보여줄 것임을, 마치 자신들이 불멸의 증거를 믿는 것처럼 그들에게 보여줄 것임을 알고 있었다. 나는 그들이 밀림의 맞은편, 부

에노스아이레스나 로사리오(아르헨띠나 중부, 빠라나 강 하류에
있는 항구도시—옮긴이), 또는 거리가 가깝거나 먼 다른 어떤 지
명에서 나타날 동류의 가상의 사람들이, 남자와 여자들이,
부르는 가상의 소리에 귀를 쫑긋 세운 채 음악과 외침소리
와 폭음 아래서 소리없이 흐느끼고 있을 것임을 알고 있었다.

나는 기억해내려고 애쓰는 척하며, 또 납득할 만큼 기억
이 선명하지 않음을 가장하며 간호사와 웨이트리스 사이에
서 어깨를 으쓱하며 고개를 저었다.

"아시다시피 사람들은 약간 정신이 이상해지잖아요." 간
호사가 단도직입적으로 말하며 동의를 구하기 위해 웨이트
리스 쪽으로 고개를 돌렸다. "그들은 춤추고 술병을 들이켤
장소를 원해요. 자기들이 사는 곳만 아니라면 아무리 누추
해도 상관 안해요."

그 순간, 나는 더이상 간호사를 필요로 하지 않았다. 나
는 이미 마음을 굳힌 상태였고 거의 모든 세부사항을 결정
해놓고 있었다.

"정말 진심이에요." 립스틱을 바르기 위해 핸드백을 열며
레이나가 말했다. "가게에 테이블을 더 놓고 사람들이 춤출
수 있게 깨끗이 치워주기만 하면…… 음악은 라디오를 틀면
될 테고요."

내 마음은 벌써 아주 멀리에 가 있었다. 나는 크리스마스 트리를 떠올렸고, 그것을 어디서 구해 어떻게 장식할지를 생각했다. 그래서 나는 나와 내 가게를 놀리려고 댄스파티를 제안했을 거라는 의심을 떨쳐버리고 간호사를 호의적인 시선으로 바라볼 수 있었다. 나는 그가 "자기들이 사는 곳만 아니라면 아무리 누추해도 상관 안해요"라고 말하던 것을 떠올리며, 또 그가 앰풀을 깨뜨려 주사를 놓고 토요일마다 은행에 돈을 입금하는 데 꼭 필요한 이상으로 영리하다는 느낌을 눈감아줄 수 있겠다고 생각하며, 미소 띤 얼굴로 그를 쳐다볼 수 있었다.

그녀는 다시 웃었고 가게에서 열릴 이틀 밤의 댄스파티에 대해 침을 튀기며 말했다. 간호사가 그녀에게 실없는 제안이 담긴 농담을 건넸다. 그는 다시 한번 근엄하고 점잖게 되풀이해 말했다.

"정말 진심으로 하는 말이에요. 떼돈을 벌 수 있어요."

그리하여 테이블들이 등장해 가게의 홀을 가득 채우기 시작했다. 일부는 대여한 것이고, 나머지는 커다란 상자와 널빤지, 나무토막 따위로 짜맞춘 것이었다. 나는 테이블마다 색지를 씌웠다. 24일에는 오후 내내 비가 내렸고 나중에는 몇차례 소나기까지 쏟아졌지만, 홀은 손님들로 가득 찼다. 여자들은 반짝이는 장식용 금속조각으로 뒤덮인 카운터 위의 크리스마스트리를 보고는 각자 정감어린 말을 내뱉거나 호들갑스러운 몸짓을 취했다. 비가 내렸지만 라디오는 밤새 제대로 작동했다. 손님들은 그렇게 어울리는 것을 얼마나 좋아하는지를 보여주며 빽빽하게 서로 엉겨붙어 불편하게 춤을 추었다. 또 기꺼이 가장자리에 금이 간 잔에 술을 마셨고 변변찮은 술과 룰라드(버섯, 빵가루, 치즈, 야채 등을 얇게 썬 고기로 만 음식—옮긴이)위에 얹은 마늘도 아랑곳하지 않았다. 그들은 춤추고 웃고 노래했으며, 내 평생친구들은 비가 억수같이 퍼붓는 가운데 떠나기 시작했다.

31일 밤은 대체로 상황이 더 좋았다. 더 많은 손님들이 왔고 나는 가게 밖에까지 테이블을 몇개 놓았다. 소년 레비가 나를 거들어주긴 했지만 한밤중에는 피곤이 몰려오기 시작했다. 그래서 간호사가 자동차 경적소리를 듣고 밖으로 나갔다가 들어와서 거의 내 등을 칠 기세로 싱글거리며 버스가 승객 몇명과 가게에 춤추러 오는 단체손님을 잔뜩 태우고 도시에서 도착했다고 말했을 때, 나는 놀라고 기쁜 표정을 지었지만 내심 그날 밤이 어서 끝나기만을 간절히 바라기 시작했다.

아마도 모두들 술에 취했을 것이다. 적어도 나는 그들이

취하기에 충분할 만큼 매상을 올렸다. 그들은 노래를 불렀고 서로 시간을 물었다. 구석자리에 있던, 브라이튼에서 온 영국인들 테이블에서 한 여자가 색테이프를 던지기 시작했다. 먼저 다른 테이블 쪽으로 던졌고, 나중에는 크리스마스 트리 꼭대기에서 창문 쇠창살까지 홀을 가로지르는 철사로 이은 종이꽃줄에 걸리게 했다. 그녀는 금발에 빼빼 마르고 슬퍼 보였다. 또 네크라인이 깊게 파인 검은 옷차림에 진주 목걸이를 하고 가슴에는 금브로치를 달고 있었다. 윗잇몸이 훤히 드러나는 신경질적이고 찡그린 표정을 지을 때면 순간적으로 그녀의 입술이 올라갔다가 서서히 풀리면서 유쾌하고도 밉살스럽고 격렬하게 근육이 수축되었다. 찡그린 표정은 테이블을 주재하는 뚱뚱하고 혈색 좋은 남자가 고안한, 럼주와 백포도주를 섞은 술을 한 모금 마시기 전후에 단지 그녀의 얼굴에 규칙적으로 나타났을 뿐이다.

그녀는 머리 위에 돌돌 말린 색테이프 뭉치를 얹은 채 꽃줄의 위치를 유심히 살피며 주방의자에 등을 기댔다. 꽃줄은 벌써 축 늘어졌고 꽃은 시들어 보였다. 그런데 그녀가 갑자기 테이블 쪽으로 몸을 기울이자 드레스가 늘어져 그녀의 가슴, 그 작고 우울한 구체(具體)가 거의 훤히 드러났다. 색테이프가 내뻗쳐지며 휘파람소리를 냈다. 거리가 멀었지만 그녀는 결코 실패하는 법이 없었다. 그래서 소년 레비와 나는 쟁반으로 테이프의 장막을 밀치고 다녀야 했다. 춤추던 여자들은 얼굴로 색테이프를 건드렸고, 끊지 않으려고 조심하며 빙글빙글 돌면서 몸에 휘감았다. 그녀들은 아주 느리게 선회하며 음악의 강렬한 리듬을 우롱했다.

우리는 한밤중에 난리법석을 했고, 나는 다만 머리가 아프고 불규칙하게 지속적으로 지끈거리던 것과 사람들이 빙 둘러서서 컵과 잔을 높이 들어 건배를 하고 서로 얼싸안던 것을 기억할 수 있을 뿐이다. 머리의 지끈거림은 산에서 시작되어 로얄 호텔 쪽으로 미끄러져내려온 다음 길가의 집들에까지 다다른 총소리와 혼동되었고, 개 짖는 소리와 누군가가 귀가 웅웅거릴 정도로 볼륨을 높여놓은 라디오 진행자의 우쭐한 목소리와 한데 뒤섞였다. 두 남자의 부축을 받으며 의자 위에 올라선 말라깽이 영국여자는 내가 판 적이 없는 청포도 한 송이를 먹고 있었다.

내가 전에 그녀를 본 적이 있는지, 아니면 그 순간에 문틀에 기대 있던 그녀를, 등불에 드러난 스커트 자락, 구두 한 짝, 그리고 여행가방의 옆구리를 발견한 건지 모르겠다. 어쩌면 새해가 막 시작된 그때 그 순간에도 나는 그녀를 보지 못했고, 그저 머릿속으로 상상한 것인지도 모른다. 나는 정

확히 환희와 밤 사이에 위치한 그녀의 정지된 존재를 기억
하지 못한다.

　그러나 이윽고 한 무리가 자리를 뜨기로 결정하고 나머
지 사람들도 가게에 더이상 머물 수 없다는 걸 깨달아가고
있을 무렵의 그녀 모습은 또렷이 기억난다. 그사이에 밖에
서는 고함소리와 웃음소리, 쾅 하고 차문 닫히는 소리, 낡은
호텔이나 로스 삐노스의 집들을 향해 이단 기어로 언덕을
올라가는 엔진소리가 들려왔다. 그렇다, 그때의 그녀 모습
은 기억난다. 아니, 실제로 기억나는 것은 그녀도, 그녀의
다리나 그녀의 트렁크도 아니고 비틀거리며 가게를 나가던
남자들이다. 그들은 마치 깜빡 잊은 말이 있는 것처럼, 또
동행하던 여자들의 존재가 사라져버리기라도 한 것처럼, 조
명을 받은 스커트와 트렁크, 그리고 구두 조금 저편에 있던
그녀에게 질문을 하거나 빈말로 초대를 하기 위해 차례차례
돌아보았다.

　이윽고 어느 순간, 나는 그녀를 바라보려고 카운터 뒤에
서 멈춰섰다. 이제 남은 사람들은 오직 브라이튼에서 온 영
국인들뿐이었다. 두 남자는 파이프를 피우고 있었고, 세 여
자는 알아들을 수 없는 감미로운 노래를 기운없이 합창하고
있었다. 그녀들 중 가장 삐쩍 마른 여자는 마지막 남은 색테

이프 꾸러미를 비우고 있었다. 이제 여자는 가게 안에 들어와 문 옆에 앉아 있었다. 그녀는 신발 사이에 트렁크를 놓고 무릎 위에는 작은 모자를 올려놓은 채, 졸음을 쫓으려고 안간힘을 쓰는 소년 레비에게 말을 걸기 위해 고개를 들었다. 그녀는 쥐색 맞춤복 차림에 흰 장갑을 꼈고, 어깨에는 검정색 핸드백을 메고 있었다. 내가 시시콜콜하게 이런 얘기를 늘어놓는 것은 그녀에 관한 모든 것, 새벽 공기에 살랑이기 시작한, 꽃줄에 걸린 색테이프 뒤에서 가물거리던, 그리고 열기에 반짝이던 그녀의 둥근 얼굴을 뺀 나머지 모든 것을 단번에 종결짓기 위해서다.

소년 레비가 영국인들의 부름을 받고 그녀 곁을 떠났다. 소년은 나에게로 와서 그들이 계산서를 원한다고 했다. 나는 금액을 계산한 다음 그녀 앞을 지나쳐갔다. 그녀에게 눈길을 주지도 않았고, 또 그녀에게 경계심을 일으키지 않도록 조심했다. 카운터 뒤에서 그녀를 계속 살피고 싶어서였다. 그러나 내가 영국인들에게 고맙다는 말을 건네고 내 파티에 대한 그들의 찬사에 손사래를 치고, 또 가장 나이 지긋한 남자와 그날 오후 날씨가 방파제에서 낚시를 하기에 좋을지 어떨지에 대해 얘기하며 차 있는 데까지 배웅을 하고 났을 때, 나는 간호사가 그녀 옆에 앉아 있는 것을 보았다.

나는 그녀가 뭔가 주문하려고 소년 레비의 주의를 끌기 위해 몸을 살짝 일으키는 순간을 그가 이용했을 것이라고 추측했다. 그래서 내내 간호사는 자신이 아니라 다른 어떤 사람을 향해 있는, 아니 실은 어떤 대상에게도 향해 있지 않은 그녀의 얼굴 표정을 감수해야 했다. 그러나 그는 낙담하지 않았다. 그는 계속해서 그녀에게 질문을 던졌고, 그녀가 뭔가를 속삭일 때마다 열렬히 맞장구를 쳤으며, 또 그외에도 그녀가 말하는 것과 그녀의 과거나 미래와 연결된, 그녀의 말 이면에 숨어 있는 모든 것을 이해했다.

나는 소년 레비에게 가게 문을 닫고 홀을 대충 치우기 시작하라고 말했다.

"아가씨가 너한테 뭘 주문하던?"

"아니요." 잠이 쏟아지고 피로가 가득한 주근깨투성이 얼굴로 소년이 눈을 깜박이며 말했다. "실은 누군가가 여기서 그녀를 기다리기로 했고, 자신이 전보도 보냈는데, 기차가 연착했다고 하네요."

"누가 기다리기로 했다던?" 내가 물었다. 나는 그녀가 너무 젊은데다 병에 걸리지도 않았고, 또 그녀를 정의하기 위한, 서로 모순되는 서너 개의 형용사가 존재한다고 생각했다.

"물어볼까요?" 레비 소년이 말했다.

"그냥 둬라. 이제 곧 그녀를 데리러 오겠지. 그렇지 않으면 우리가 로얄이나 다른 곳에 방을 잡아주면 되고. 그런데 시장하지 않은지 아니면 뭔가 마실 걸 원하는지 물어봐라."

내가 쳐다보지 않는 사이에 소년은 천천히 테이블 있는 데까지 갔다가 돌아왔다.

"맥주를 시켰어요. 얼음 없이요. 배는 고프지 않다네요."

나는 맥주병을 차게 하려고 얼음통 안에서 이리저리 움직였다. 나는 '너무'란 단어의 의미도, 또 그 단어로 인해 어떤 달갑지 않은 일에서 그녀가, 아니 그녀뿐만 아니라 그녀의 젊음까지 구출되고 있는지도 헤아리지 못한 채, '여자가 너무 젊어'라고 다시 생각했다. 몸을 똑바로 일으켜보니 간호사가 카운터에 팔꿈치를 괸 채, 점잖고도 의기양양한 표정으로 말없이 자기 손에 눈길을 주며 싱글거리고 있었다.

"아세요?" 내가 병의 물기를 닦고 컵을 살펴보는 동안 그가 말을 꺼냈다.

"기다려요." 그의 말에 즉각 반응을 보이지 않는 게 중요하다고 확신하며 내가 대꾸했다. 나는 테이블께로 가서 병 뚜껑을 땄다. 그녀는 이미 소년 레비에게 지어 보였고 그다음에 간호사 옆에서 유지하고 있던 예의 그 표정으로 나에게 고맙다고 했다. 그러나 그녀의 얼굴에는 가게문 옆 어둠

속에 있었을 때의 분위기, 아마도 기차와 버스 여행의 몇몇 흔적, 그리고 내가 상상하고 있었던 게 아니라면, 홀로 사랑에 빠진 듯한 기색이 역력했다.

나는 간호사가 "아세요?"라고 묻자마자 눈치를 챘다. 어쩌면 더 일찍 알아챘는데 그녀가 너무 젊은 탓에 잘못 판단했는지도 모른다. 그러나 간호사 앞에서 큰소리로 떠벌릴 이유가 없었다. 그래서 병뚜껑으로 장난을 치며 카운터로 돌아갔을 때, 나는 그가 거듭 질문만 던질 뿐 말머리의 미소를 흘리며 미적거리는 것을 참았다. 소년 레비가 블라인드 내리는 데 세 번 연거푸 실패했을 때, 나는 그에게 가서 자라고 했다. 또 문 닫는 일은 내가 할 테니 정오에 나와서 청소와 돈 받는 일을 도와주면 된다고 말했다. 나는 간호사의 어깨 너머로, 카운터에서 팔짱을 끼고 있는 그의 두 팔과 파티용 넥타이와 단춧구멍의 흰 카네이션 장식 너머로, 그리고 그가 연신 흘리던 상스럽고 저속한 미소 너머로 이 모든 말을 했다.

"아세요?" 내가 마침내 그의 말에 귀를 기울였다. "믿기지 않는 일이에요. 저 소녀는 자기가 이리로 올 테니 가게 앞 버스정류장에서 기다려달라는 내용의 전보를 보냈대요. 기차는 두 시간 이상 연착했고 사람들은 떠났지요. 하지만 그녀를 기다리는 사람들은 없었어요. 누군지 감이 잡히세요? 산(山) 사람이기도 한 낡은 호텔의 어떤 사람이요. 짐작하시겠어요? 그 사내요. 상황은 이래요. 나이 든 여자는 봄용이고 소녀는 여름용인 거지요. 그리고 아마도 그 사내는 전보는 호텔에 내팽개쳐두고 지금 포르투갈 처녀들의 산장에서 혼자 술에 취해 신나게 파티를 열고 있을걸요. 내가 개를 키우는 늙은 웨이트리스와 보조 카운터직원 때문에 오늘 밤 낡은 호텔에 두 번이나 갔는데 그 작자는 코빼기도 보이지 않았거든요. 산장에서 술에 취한 게 분명해요. 그녀는 누군가가 호텔까지 동행해주기를 원해요. 전화기가 뒤쪽에 있어서 여기서 전화를 걸 수 있다는 생각을 미처 하지 못했대요. 자 한번 생각해보세요. 그 사내가 호텔에 없다면 어찌된 영문인지? 전보는 받았는데 오고 싶어하지 않는 건지도 모르죠. 충분히 그럴 수 있어요."

"전보는 오지 않았어요. 언제나 이틀 늦게 도착하니까요."

"그렇다면," 간호사는 고집을 꺾지 않았다. "여기를 거쳐 가지 않은 거지요. 형씨한테 갖다주지 않은 거라고요. 아시다시피 지급전보라면 때때로 인편을 통해 직접 전달하기도 하죠."

“뭐 하러 지급전보를 보내겠어요?” 거의 성이 나서 내가 쏘아붙였다. “이곳에 온다고 알리려고요? 그녀가 지급전보를 보냈다고 말했나요? 왜 그녀에게 전화기를 내주지 않았죠?”

“알았어요.” 간호사가 초조하게 변명을 둘러대며 말했다. “하지만 기다려요.”

“들어와서 호텔로 전화를 걸라고 하세요.” 내가 흥분을 가라앉히고 호기심을 나타내며 말했다. “전보는 사흘 뒤에나 이곳에 도착할 테니 차라리 우리가 전화를 거는 게 낫겠어요.”

“기다려요, 제발.” 그가 한 손을 올리며 다시 미소를 머금었다. “물론 당장 전화를 걸어요. 그리고 로얄에서 그녀를 데려갈 차를 수소문해볼게요. 만약 그자가 호텔에 없으면 그녀를 산장까지 데려가자고요. 하지만 이제 진지하게 말해봐요. 그녀가 아픈가요? 병을 고칠까요? 폐가 문젭니까?” 그는 취해 있었고, 격앙되고 약삭빠른 표정으로 눈을 부릅뜬 채 흥분상태를 유지했다. “아니면 그저 썬글라스 낀 여자에 이어서 그가 따분해하지 않도록 함께 지내려고 온 거라고 생각하세요? 말해봐요. 그럼 결국 산장은 이 소녀를 위해 빌린 거로군요. 그런데 여자가 너무 어려 보이지 않아요?” 거의 대놓고 조롱하는 듯한 말투였는데, 그는 생각했던 것보다 엉망으로 취해 있었다. 그러나 나는 무엇보다 강렬한 것은 그의 불안과 당혹이며, 그는 내 안에서 증오할 수많은 것들을 선택했다고 느꼈다.

"전화를 겁시다." 내가 그의 팔을 툭 치며 말했다.

이제 그녀는 문을 마주 보고 밖을 응시하고 있었다. 두 다리로 단단히 버티고 서서 손으로 허리를 짚고 있었다. 손에는 줄곧 흰 장갑을 끼고 있었는데, 당장이라도 낡은 호텔에 전보가 도착해 남자가 마지 못해 그녀를 데리러 내려오기를 기다리는 듯 보일 정도로 미련한 인상을 주었다. 나는 문께로 가서 그녀에게 말했고, 그녀는 나에게 전혀 눈길을 주지 않은 채 대답했다. 그녀의 얼굴은 어둠과 드문드문한 산중턱의 희미한 불빛을 응시하고 있었다. 그녀는 그 시간에 호텔로 전화 거는 것을 내켜하지 않았다. 그녀는 자동차로 호텔까지 데려다주든지 걸어서 동행해주든지, 아니면 길을 일러달라고 부탁했다. 간호사가 로얄로 건너가는 동안 나는 가게를 반쯤 닫았다. 간호사가 옹까띠보 번호판을 단 빨간 소형차를 몰고 우리 앞에 나타났다. 전화벨이 울리고 그가 전화를 받으러 간 사이, 나는 이 소녀에게 어울리는 형용사들을 찾아내게 될까봐, 또 그 형용사들이, 그녀와 함께, 호텔이나 작은 집에서 잠자고 있는 남자 위에 떨어질까봐 두려워 생각하지 않기로 했다. 간호사가 우리에게 다가와 병세가 악화돼 이젠 의식도 없는 라마스라는 금발여자에게 주사를 놓아주러 로얄로 돌아가야 한다며 "날 기다리지 말고 그냥 떠나요"라고 말했다. 그 순간 나는 문득 타자기로 친 갈색 봉투들은 그녀가 보낸 것이었고, 전(前) 농구선수의 옆얼굴에 서린 의심하는 듯한 다정함에 상응하는 조심스러운 의기소침을 통해 내가 이미 그녀의 얼굴에 감도는 온화한 기쁨을 한두 번쯤 예상했다는 것을 깨달았다.

그녀의 무릎 위에 트렁크를 올려놓고 호텔 쪽으로 차를 출발시켰을 때, 나는 이것과 다른 많은 것들 그리고 불가피한 이야기의 끝을 알고 있었다. 나는 차를 몰고 이동하는 동안 그녀를 쳐다보려고 시도하지 않았다. 나는 흙길 위에서 고무줄처럼 앞뒤로 흔들리는 써치라이트에 시선을 고정하고 있어, 그녀의 얼굴을 보기 위해, 또 그녀의 얼굴이 때로는 분명하게 또 때로는 실체없는 허깨비처럼 다가오는 남자들을 향하고 있을 것임을─우리가 가로질러 가고 있는 것과 흡사한 밤들에도, 빛나는 낮들에도 죽을 때까지 영원히─ 확신하기 위해 그녀를 쳐다볼 필요가 없었다. 그녀의 작은 코는 머리의 거의 어느 위치에서 봐도 들쑥날쑥 천진스러운 구멍들을 보여주었고 아랫입술은 지나치게 두꺼웠다. 또 그

녀의 눈은 갈색 연필로 더 밝은 갈색 종이에 단순하게 스케
치한 것처럼 돌출부위 없이 납작했다. 그러나 물론 그녀의
얼굴이 단지 남자들에게만, 우리가 다가가고 있던 남자 뒤
에 올 남자들, 그녀가 속이지도 않고, 그녀의 친절이나 이해
를 강요할 필요도 없이, 틀림없이 그녀가 행복하게 만들어
줄 남자들, 그리고 이미 그 온화한 얼굴에 대한 기억, 그녀의
생각이나 가슴에서 생겨나지 않고 늘 거기에 있었던 미소,
단지 삶과 일치하며 살아 있을 때의 타고난 온화함을 나타
내기 위해 짓는 미소에 대한 기억을 영원히 사랑과 혼동할
운명에 처한 채 그녀를 떠날 남자들에게만 향했던 것은 아
니다. 자동차의 덜컹거림에 애써 저항하는 대신 천진하면서
도 음란한 동의의 습관으로 흔들림에 몸을 맡기고 있던 그
녀의 향기 없는 둥근 얼굴이 단지 남자들에게만 향했던 것
은 아니다. 왜냐하면 남자들은 오직 그녀에게 상징이나 이
정표, 또는 인위적이고 유용한, 삶의 우연적 정리를 위한 참
조점 역할을 할 수 있을 뿐이었기 때문이다. 오히려 그녀의
얼굴은 남자들이 의미하고 구별짓는 것과 맞서고 있었다.
그 얼굴은 끝없이 진정한 놀람을 갈망하지만 그럴 능력이
없어, 즉각 그 모든 것을 기억으로, 아득한 경험으로 변화시
켰다. 나는 각각의 결정적인 사랑을 위해, 그리고 출산을 위

해 그녀가 다리를 벌리고 있을 동안 모든 것을 받아들이는 그녀의 흥분하고 굶주린, 경계하는 얼굴을 생각했다. 또 노년과 죽음의 고통 앞에서 그녀의 납작한 눈 깊숙이 숨겨진 표정을 생각했다.

"그를 아세요?" 그녀가 물었다. 그녀는 트렁크 위에 팔꿈치를 대고 작은 모자를 빙글빙글 돌리고 있었다.

"가게에 오거든요."

"그렇군요. 그는 어떤가요?"

"의사에게 묻는 편이 나을걸요. 하지만 곧 좋아지겠죠. 그럴 거예요."

"그렇군요." 그녀가 다시 말했다.

나는 우회전해 낡은 호텔 구내로 진입했다. 그녀는 나에게 트렁크를 들리지 않았다. 그녀는 큰 보폭으로 몇발짝 뒤에서 따라왔다. 얼굴은 흐려지기 시작한 별들을 향해 쳐들고 있었다. 나는 야간경비원과 이야기를 나눴고 우리는 각자 떨어진 채 말없이 로비에 서서 기다렸다. 경비원은 전화 버튼을 눌렀고 그녀는 조바심을 내며 천천히 고개를 돌려 남자가 남은 삶을 보내기 위해 매일매일 지나다니는 장소의 넓이와 마룻바닥, 벽, 가구를 훑어보았다.

남자가 잠을 설친 핼쑥한 얼굴에 셔츠 바람으로, 위험한

냉소의 분위기를 풍기며, 소녀를 보기 전에, 그녀를 찾기 전에, 한발 한발 그녀의 절망과 그들의 빠른 화합을 앞당기며, 층계에 모습을 나타냈을 때, 나는 손을 들어 인사를 하며 문께로 걸어갔다. 그녀는 고개를 들어 남자의 지나치게 굼뜬 동작을 향해 미소지었고, 고개를 돌리지 않은 채 큰 소리로 두 차례 나에게 고맙다고 말했다. 나는 밖에서, 유리문의 커튼을 통해, 걸음을 멈춘 남자가 층계 난간을 잡고 몸을 구부린 채, 그의 오랜 방어적 불신을 잠시 괴기스럽고 유치하게 만드는 것을 보았다. 나는 그들이 층계에서 미동도 없이 부둥켜안고 있는 모습이 보일 때까지 그 자리에 남아 있었다.

차로 돌아왔을 때, 생각하는 것은 아무에게도, 그들에게도 나에게도 이로울 게 없다고 다짐했다. 로얄의 지배인은 한 종업원의 도움을 받아 테이블을 옮기고 있었다. 나는 뭐든 한잔하며 잡담이나 나눌 생각으로 자리에 앉았다.

"일년 내내 연말이라면 딱 일년만 일하고 더이상 일하지 않을 겁니다." 똑같은 얘기를 수없이 되풀이했다는 것을 보여주며 지배인이 빠르게 말했다. 그는 뚱뚱하고 대머리에 얼굴이 불그죽죽하고 쓸쓸해 보이는 젊은 사람이었다. "라마스라는 금발머리 여자는 아무래도 밤을 넘기지 못할 것 같습니다. 간호사와 두 명의 의사가 그녀를 지키고 있어요.

막 새해가 시작되는 순간에 말입니다."

누군가가 호텔 이층의 창문을 열어놓고 있었다. 그들은 춤을 추며 웃고 있었다. 그리고 돌연 그들의 목소리가 작별과 은밀한 귓속말의 어조로 낮아졌다. 그들은 춤을 추며 창문 앞을 스쳐지나갔다. 레코드에서는 아코디언으로 연주한 「장밋빛 인생」이 흘러나왔다.

"우린 광고를 좀더 하고 규제를 좀 줄일 필요가 있어요." 지배인이 말했다. 우리의 화제가 무엇인지는 그의 관심사가 아니었다. 그는 안절부절못하고 고마워하며, 평소처럼 몰래 나의 표정과 움직임을 살폈다. "맥주 한잔 더 하시겠어요? 호텔업은 아주 특별해요. 다른 사업처럼 경영할 수는 없지요. 잘 아시다시피, 여기서는 직원 문제가 결정적입니다."

날은 이미 환하게 밝았고 수탉들이 산중턱에서 차례로 울어젖혔다. 댄서들은 춤추는 것을 멈추었고 한 여자가 다시 틀어놓은 「장밋빛 인생」을 감미로운 목소리의 프랑스어로 노래했다.

"아직 동방박사의 날(동방박사들이 아기 예수의 탄생을 경하한 데서 유래한 축일, 매년 1월 6일─옮긴이)에 멋진 파티를 열 수 있잖아요." 내가 지배인에게 말했다. 위층의 여자가 마치 누군가를 가르치기 위해 노래하는 것처럼 강렬한 리듬을 강조하

고 휴지부를 과장하며 노래를 불렀다. "그리고 날씨만 도와
준다면, 틀림없이 주말마다 호텔이 만원사례를 이룰 거예
요."

"저도 같은 생각입니다." 지배인이 말했다. 그는 다시 맥
주병을 땄고 나는 잔을 들었다.

"멋진 한해가 될 겁니다. 틀림없어요."

"홀수 해는 언제나 운수가 좋아요." 그가 맞장구를 쳤다.

새로운 홀수 해의 꼭두새벽에 남자는 낡은 호텔을 떠났
다. 이런 사실은 이튿날 아침나절에 그가 옷을 몇벌 챙겨가
기 위해—옷을 전부 가져가지는 않았는데, 그는 소녀가 마
을에 머무는 동안 호텔에 잠을 자러 오지 않았지만 방을 비
우지는 않았다—그리고 매일 포르투갈 여자들의 집으로
음식을 배달해주도록 조처하기 위해 모습을 나타냈을 때 사
람들에게 알려졌다.

그렇게 두 사람은 내가 계단에서 부둥켜안고 있는 모습
을 보기를 그만둔 직후에 산으로 떠났다. 계단에서 부둥켜
안고 있을 때 소녀의 몸은 처음의 화를 가라앉히고 단지 보
호, 인내, 갖가지 걱정 따위처럼 반응을 요구하지 않는 몸짓
만을 보여주었다. 그들은 틀림없이 방으로 올라갔을 것이
다. 그러나 잠깐뿐이었는데, 단지 그는 옷을 챙겨입을 필요

가 있었고 그녀는 그가 쓰는 가구들을 살피고 싶었기 때문
이다. 그들은 어둠속으로 걸어나가 산중턱으로 올라갔다.
남자는 소녀의 트렁크를 든 채 그녀를 인도하기 위해서 그
녀의 한쪽 손을 잡았다. 그는 도도하고 집요하게 반발짝 앞
서 걸었고, 빨리 도착하고 싶은 그의 조바심은 그 지배와 온
화한 권위의 느낌으로 용해되었다. 마치 강탈이라도 하는
것처럼 그 느낌을 즐겼지만, 작은 집의 문이 닫히자마자 그
는 길들여진 오랜 절망 말고는 다른 어떤 진정한 것도, 건네
줄 영원한 그 무엇도 없이 또다시 박탈당할 것임을 알고 있
었다.

소녀는 일주일도 채 머물지 않았고, 나는 그 기간 동안 단
하루도 그들의 모습을 다시 보지 못했다. 그들을 보았다는
사람도 전혀 없었다. 사실 우리에게 그들은 오직 매일 정오
에 점심 도시락을 손에 들고 겨드랑이 밑에 신문을 낀 채 산
중턱을 올라가는 호텔 종업원의 산행 속에만 존재했다. 그
리고 또 나에게는 도착한 두 통의 편지, 즉 다른 것들과 분
리해 우편함 깊숙이 따로 보관해둔 박력있는 청색 글자들이
적힌 봉투들에만 그들이 존재했다. 내가 그들에 대해 떠올
릴 수 있는 것은—더욱이 그들을 돕겠다는 막연하고 미신
적인 욕망과 함께—어둠속에서 힘겹게 발걸음을 옮기던

모습이 전부였다. 그들은 손을 잡고 말없이 걸었다. 남자는 약간 앞서 걸어가며 손가락에 힘을 주어 그녀에게 위험을 경고했다. 남자는 그녀를 부지런히 잡아끌듯이 데려가는 시늉을 하기 위한 듯 널찍한 등을 구부리고 있었다. 그들은 보이지 않는 울퉁불퉁한 땅바닥을 향해 고개를 숙이고 걸었다. 그들의 어깨 위로 첫새벽 새들이 지저귀는 소리가 울려 퍼졌다. 그들은 한발 한발 서두르지 않고 규칙적으로 땅과 풀밭의 습기 위를 움직였다. 마치 집이 무한히 높은 곳에 있는 것처럼, 마치 시간이 새해의 첫새벽에 멈춰진 것처럼.

나는 동방박사의 날 전야가 되도록 그들을 다시 보지 못했다. 고개를 떨어뜨리고 두 개의 손가락으로 연결된 채 정지된 밤을 가로질러, 그 너머로 걸어가던 그들의 모습만이 뇌리에 새겨져 있었다. 그런데 드디어 어느날 오후 간호사가 로얄에서 건너와 카운터 위에 팔꿈치를 올려놓더니 나를 쳐다보지 않은 채로 브라이튼에 거주하는 영국인 중 누군가의 발음으로 속삭였다.

"괜찮으시면, 차가운 맥주 하나요." 그가 웃음을 터뜨리며 손으로 내 등을 쳤다. "일이 그렇게 됐어요. 결국 남자는 동굴집을 떠났고 그들은 호텔에서 점심식사를 했어요. 소녀는 오늘 떠나요. 아마도 둘이 함께 갇혀지내는 걸 더이상 견딜 수 없었나 봅니다. 어쨌든, 일종의 자살처럼 보여요. 군스에게 그 얘기를 했더니 그도 어쩔 수 없이 내 말에 동감을 표하더군요. 그런데 사내는 일주일 내내 줄곧 호텔에서 지냈어요. 게다가 그는 그녀에게 잘못을 저질렀어요. 그건 신사답지 못해요. 그는 그녀를 호텔로 데려가지 말았어야 했어요. 호텔에선 모두들 그가 다른 여자와 지내는 걸 보았거든요. 그녀가 도착한 뒤로 그들이 산장에서 함께 잤다는 건 누구나 다 알아요. 상상하건대, 그녀는 점심식사를 하는 내내 음식접시에 눈을 처박고 있었을걸요. 어쨌거나, 그는 그녀를 남들에게 노출시켜 자극하지 말았어야 해요. 나라면 그렇게 하지 않았을 거예요. 형씨도 마찬가지일걸요."

내가 그들이 팔짱을 끼고 길을 내려오는 것을 본 것은 바로 그때였다. 남자는 트렁크를 들고 수도행 열차를 타러 가는 듯한 옷차림이었다. 그들은 태양 아래 멈춰서서 잠시 이야기를 나누고는 가게 쪽으로 돌아섰다. 나는 우편함을 열기 위해 몸을 숙였다가 손을 집어넣지 않고 다시 닫았다. 나는 그들과 처음 맞닥뜨리면 과연 그들에게서 무엇을 간파해낼 수 있을까를 생각하면서, 마치 난생처음 보는 것처럼 그들을 쳐다보았다. 그건 작별이었다. 하지만 남자는 재빠른 미소로 나와 간호사를 바라보았는데, 즐거우면서도 어딘가 주눅들고 마음이 불편해 보였다.

그들은 간호사의 창가 테이블에 앉았다. 새해 전날에 영국인들이 앉았던 테이블이었다. 그들은 커피와 꼬냑을 시켰는데, 소녀는 남자에게서 눈을 떼지 않고 주문했다. 그들은 뭔가 무의미한 구절들을 속삭였지만 이야기를 나누고 있지는 않았다. 나는 계속 카운터 뒤에 있었고, 나를 등지고 앞에 앉은 간호사는 테이블 쪽으로 보내고 싶었을 이해와 조롱의 표정을 문 쪽으로 보이고 있었다. 간호사와 나는 우박에 대해, 엘 뻬드레갈의 주인의 삶에서 짐작할 수 있는 미스터리에 대해, 그리고 나이듦과 숙명에 대해 대화를 나누었다. 또 우리는 물가와 교통편에 대해, 시신의 겉모습에 대해, 기만적인 병세회복에 대해, 돈이 가져다주는 안락에 대해, 인간조건에 내재한 것으로 간주되는 불확실성에 대해, 그리고 바로소 부부가 어느 오후 밀밭에 앉아 따져보는 소출에 대해 이야기했다.

그들은 무의미한 토막말을 속삭였을 뿐이고, 그마저도 처음에만 그랬다. 그러나 대화를 나누지는 않았다. 각자 이름을 하나씩 말했고, 한순간 서너 개 단어들이 연속적으로 이어졌다. 그들은 순서에 따라 앞뒤로 번갈아 무언가를 말해 나갔다. 힘들이지 않고 상대방의 얼굴 표정에서 그걸 찾아냈다. 현혹된 채 눈도 깜빡이지도 않고 짧은 속삭임으로 말을 이어갔다. 그들은 누가 더 많이 기억하는지 혹은 누가 가장 중요한 것을 기억하는지 내기를 하고 있었지만 이기는 데는 관심이 없었다. 나는 계속해서 그들을 주시했지만, 나도 간호사도 그들의 말을 들을 수 없었다. 우리가 엘 뻬드레갈의 주인의 류머티즘과 그가 말들에 쏟는 과도한 애정에 대해 말하고 있을 때, 그들이 말을 멈추고 가만히 서로를 쳐다보았다. 간호사는 그 침묵을 주목하지 않았거나, 아니면 그들이 내기를 하던 토막말들 사이에서 잠시 말이 끊긴 것뿐이라고 생각했다. 카운터에 허리를 기댄 채 문 쪽으로 향해 있던 고개를 내 쪽으로 조금 돌리며 간호사가 말했다.

"레이바는 엘 뻬드레갈에서 일종의 십장 노릇을 했어요. 말만 십장이었지요. 양키 노인에게는 그저 머슴에 지나지 않았을 거라고 봐요. 나머지는 말짱 거짓말이었죠. 하지만 암망아지 다리가 부러지자 양키는 총으로 한 방에 죽여버렸어요. 그리고 그날 일꾼들은 농장에서 식사를 하지 못했지요. 노인이 그럴 기분이 아니었으니까요. 일꾼 숙소에서조차 식사를 못했어요."

그들은 말없이 서로를 응시하고 있었다. 그녀는 입을 벌린 모습이었다. 남자는 더이상 그녀의 손을 어루만지지 않

왔다. 그는 한 손으로 어깨를 짚은 채 움직임이 없는 굳은
그 손을 나에게 보이고 있었다. 나는 간호사가 몸을 돌려 그
들을 쳐다보지 못하도록 말을 계속했다. 나는 지팡이에 의
지한, 허리가 구부정한 양키 노인의 거대한 몸집에 대해 이
야기했다. 또 완고함에 대해, 노인과 암망아지에 대해, 그리
고 죽여 없애는 것이 부질없음을 확신하며 안절부절못하는
짐승의 머리와 겁먹은 눈을 겨누는 설득력있는 이방인의 거
친 목소리에 대해 이야기했다.

그런데 그들은 측정할 수도 갈라놓을 수도 없는 시간을
통해, 우리의 핏속을 흐르는 것처럼 느껴지는 시간을 통해,
서로 마주 보며 입을 다물고 있었다. 그들은 꼼짝 않고 계속
자리를 지키고 있었다. 이따금씩 그녀가 자신도 모르는 사
이에 입술을 뗐다. 아마도 미소였거나 그녀에게 승리를 안
겨줄 새로운 기억의 형식, 혹은 그녀가 어떤 사람인지에 대
한 순간적이고 완벽한 고백이었을 것이다.

몇몇 사람들이 가게에 들어와 물건을 사고 나에게 이야
기보따리를 풀어놓았다. 트럭 운전사는 물을 청하고 길을
묻기 위해 가게 옆에 차를 세웠다. 로스 삐노스 행 막차가
덜컹거리며 힘겹게 지나갔다. 그때 해가 산 그림자를 길게
늘어뜨리기 시작했다. 나는 시간을 가늠하고 나서 선반에

걸려 있는 자명종시계를 쳐다보았다. 그들은 테이블에 조용히 앉아 있었다. 소녀는 가슴 위로 팔짱을 낀 채 더 잘 보기 위해 거리를 확보하려고 의자등받이를 뒤로 젖히고 있었다. 그는 널찍하고 힘없는 등을 내 쪽으로 향한 채 어깨에 한 손을 올려놓고 있었는데 모자가 목덜미를 가렸다. 나는 틀림없이 이제 곧 도시행 버스가 도착할 거라는 말을 꺼낼 결심을 하지 못한 채 그들 주위를 빙빙 돌면서 '쳐다보는 것 말고는 아무런 목적도 의지도 없고, 지치지도 않는군' 하고 생각했다. 이제 나는 남자의 수척하고 쓸쓸해 보이는, 파렴치한 얼굴을 볼 수 있었다. 간호사는 인내를 머금은 미소를 띤 채 나를 쳐다보고 있었다.

"버스가 곧 도착할 겁니다." 내가 그들에게 말했다.

그들은 알았다는 표시로 고개를 끄덕였다. 나는 카운터의 내 자리로 돌아와 간호사와 운명에서 벗어나기 위해 안간힘을 쓴다는 게 얼마나 부질없는지에 대해 이야기했다. 간호사는 여러 예를 기억해냈다.

버스가 가게 앞에 멈추었고 운전사가 맥주를 마시러 들어왔다. 그는 소녀 옆에 놓인 가방에 눈길을 주었다.

"난 몰라요." 무의식적으로 비굴한 미소를 띠며 간호사가 말했다. "물어볼까요?" 손뼉을 치며 "막차라고요!"라고 말했을 때 그는 성이 난 것처럼 보였다.

그들은 꼼짝도 하지 않았다. 간호사는 어깨를 으쓱했고 다시 카운터에 몸을 기댔다. 나는 운전사를 마주 보며 미소를 지었다. 버스는 이미 떠났고 밤이 시작되고 있었다. 그때 나는 그들이 매사에 무심하다는 것만으로는 충분치 않다고 생각했다. 왜냐하면 이 모든 것은 계속 존재했고 또 그들이 말없이 서로를 바라보는 것을 멈출 순간을, 남자의 손이 소녀를 만지려고 쥐색 옷소매에서 빠져나올 순간을 계속 기다렸기 때문이다. 언제나 집과 도로, 자동차와 가솔린펌프, 그리고 존재하고, 숨쉬고, 예감하고, 상상하고, 밥을 짓고, 따분하게 심사숙고하고, 가장하고 궁리하는 타인들이 있을 것이다.

소녀는 문의 자줏빛 불빛을 마주 보고 서서─그는 트렁크를 든 채 눈을 깜박거리며, 나에게 살 권리를 부여하며 미소지었다─한 손을 들어 남자의 뺨 위에 올려놓았다.

"걸어가려고?" 그녀가 물었다. 그는 계속해서 나를 쳐다보았다.

"응, 걸어서. 왜? 안돼? 가끔씩 그보다 훨씬 더 먼 거리를 걷기도 하는걸. 기차를 따라잡으려고 허둥댈 필요없잖아."

그는 간호사의 고의적인 답답함 뒤에서 모습을 나타내며, 마치 사진을 찍기 위해 포즈를 취하듯 정중하게, 나와 다른 사람들, 그리고 내가 대표하는 모든 것에 미소를 시연하고 있었다. 그가 지을 수 있을 거라고 상상할 수 없는 미소였다. 그러나 그녀는 놀라지 않고 그 미소를 무덤덤하게 바라보았다. 소녀를 보호하고 일시적인 걱정에서 그녀를 지키겠다는 의지, 간호사와 나, 가게, 그리고 산의 정상이 표상하는 것에서 그녀를 떼어놓을 수 없다는 그 고통스러운 불가능을 누그러뜨리겠다는 의지를 선언하는 미소였다.

두 사람은 작별하기 위해 손을 움직였고 거리로 나갔다. 그들은 로얄 호텔의 테니스코트와 착유장(搾乳場) 뒤쪽을 따라 두 블록을 걸어야 했다. 그런 다음 오른쪽으로 꺾어져 붉은 흙으로 쌓은 커다란 담벼락 사이, 꾸불꾸불한 비탈길을 걸어내려와 경찰서 불빛과 깃발 앞에 모습을 나타냈을 것이다. 그들은 팔짱을 낀 채 멍하니 왼편 비행장의 휘황한 건물들에서 들려오는 요란한 훈련소리에 귀기울이며, 밤보다 훨씬 더 천천히 걸어갔을 것이다. 아마도 그들은 소녀가 도착하던 밤에 함께 작은 집까지 산을 올라가던 순간을 기억했을 것이다. 아마도 그들은 비밀스럽게 작동하는, 그러나 아직 기억처럼 마음대로 사용할 수 없는, 이전의 산행을, 그 산행에 덧붙이거나 거기에서 추출할 수 있는 명백한 의미들을 함께 지니고 갔을 것이다.

다시 편지가 도착하기 시작했다. 이번에는 널찍한 청색 글씨체로 씌어진 것과 타자기로 친 것이 서로 조화를 이루었다. 나는 남자 자신이 아니라 맥주를 마시러 와서 말없이 편지를 달라고 할 때 그가 일깨우는 것에 연민을 느꼈다. 그의 동작, 느릿한 목소리, 참을성 그 어디에서도 변화가 엿보이지 않았고, 부인할 수 없는 사실인 소녀의 방문과 작별의 흔적이 드러나지 않았다. 이러한 심각한 무지나 신중, 또는 내가 그에게서 추측했던 믿음의 결여를 보여주는 이러한 징후는 분명하고 확실하게 기억할 수 있다. 더욱이 내가 그에게서 변화와 균열과 덧붙여진 것들을 찾고 있었다는 게 사실이고 또 내가 그것들을 날조하기에 이르렀다는 것도 틀림없기 때문이다.

1월과 2월에 여름이 깊어가고 관광객 무리가 호텔과 산 중턱의 숙소를 가득 채우는 동안 우리는 그렇게 지내고 있었다. 그와 나, 우리는—그가 그 사실을 알지 못했거나 다르게 알고 있었을지라도—그 메마른 여름 동안 연민과 보호의 유희를 벌이고 있었다. 그를 생각하는 것, 그를 받아들이는 것은 나의 동정과 그의 불행을 키우는 것을 의미했다. 나는 그를 쳐다보지도 그의 말을 듣지도 않는 데 익숙해졌다. 또 마치 각양각색의 여름 유니폼을 입고 가게에 들어오는 사람 아무에게나 건네주듯 무덤덤하게 맥주와 편지를 그에게 내어주는 데 익숙해졌다.

"내가 눈치채지 못한다고 생각하지 마세요." 간호사가 말했다. "당신은 그 사내에 대해 말하고 싶어하지 않아요. 그런데 왜죠? 역시 당신에게도도 요술을 부린 건가요? 낡은 호텔에서 벌어지는 일은 통 믿을 수가 없어요. 그는 아무한테도 인사를 하지 않지만 누구도 그에 대해 험담하고 싶어하지 않죠. 소녀에 대해서는 안 좋게 얘기해요. 심지어 군스와도 사내의 죽음에 대해 얘기를 나눌 수 없어요. 마치 그가 알지 못한다는 듯이, 그 사내보다 상태가 나은 사람들이 수없이 죽어나가는 걸 보지 못했다는 듯이 말이에요."

매일 정오가 되면 남자는 편지를 챙겨넣고 나서 맥주 한 병을 마셨다. 그런 다음 인사하는 제스처를 취하며 거리로 나가 서두르지 않고 천천히 참을 수 없는 열기 속으로 들어갔다. 한순간 그는 끝없이 무너져내리던 어깨로, 또 걸어갈 때 그의 뒷모습에서 느껴지는 식상하고 영웅적이고 다정한 어떤 것으로 나를 매혹했다.

여자가 아이를 도와주려고 미적거리며 나에게 등을 보이고 버스에서 내린 것은 카니발이 막 끝났을 무렵이었다. 그녀는 나무 옆에 멈춰서지도 않았고 남자의 움츠린 길쭉한 모습을 찾지도 않았다. 그녀는 남자가 거기에서 자기를 기다리고 있는지에 별 관심이 없었다. 그녀는 그를 필요로 하지 않았다. 그는 이미 한 남자가 아니라 하나의 추상적 개념, 더욱 덧없지만 그러나 더욱 취약한 어떤 것이었기 때문이다. 어쩌면 그녀는 그와 당장 맞닥뜨릴 필요가 없다는 것을 다행으로 여겼을지도 모른다. 아마도 처음의 이 고독과 궁리하고 적응할 휴지(休止)의 순간을 확보하기 위해 일부러 그랬을 것이다. 아이는 다섯살쯤 되어 보였고 그녀도 그도 닮지 않은 모습이었다. 아이는 방금 깎은 반짝이는 까까

머리를 꼿꼿이 치켜든 채 두려움도 웃음도 없이 무관심하게 주위를 둘러보았다.

썬글라스 뒤에 그녀가 무슨 꿍꿍이를 숨기고 있는지 가늠하기는 불가능했다. 그러나 거기에는 의자에 앉아 두 다리를 늘어뜨린 아이가 있었고, 또 거기에는 아이에게 음료수를 가까이 가져다주고, 격자무늬 넥타이의 매듭을 매만져주고, 침으로 이마 위로 흘러내린 머리카락을 납작하게 눌러주던 그녀가 있었다. 그녀는 어떤 예상치 않은 위험이나 폭로, 또는 가식적인 절차를 우려해 나를 아는 척하지 않는 쪽을 택했다. 그녀는 가게를 나서면서 꼭 필요한 만큼만 입술을 움직여 인사했다. 마치 그녀의 입술이, 썬글라스가, 창백한 얼굴이, 코밑의 축축함이, 차분하고 덩치 큰 온몸이 그저 그녀 자신의 대리인, 그녀의 분신인 목적의 대리인에 불과하다는 듯이, 또 마치 그녀가 낡은 호텔에서 불시에 기습하기 위해 축적하고 강화한 것을 상실하지 않고, 접촉과 마모에서 자유로운 이 목적을 유지할 필요가 있다고 생각한다는 듯이. 어쩌면 그조차 아니었는지 모른다. 어쩌면 나를 보지 못했거나, 아니면 나를 기억하지 못했을지도 모른다. 또 어쩌면 단지 이기느냐 지느냐 하는 단 하나의 문제만 남아 있는 황량한 세계에서, 진정한 계획도 없이, 동물적인 단순함으로, 그녀가 과거의 어느 한 시기, 즉 댄스홀에서 메달과 우승컵을 시상하던 자리에서 농구 국가대표팀 쎈터와 만났을 때부터 내 가게에서의 그날 오후까지, 그리고 잇달아 동정심과 추억, 체면, 성스러운 어떤 것에 번갈아 호소하기 위해 꿈쩍 않는 아이를 무릎으로 떼밀며 한 호텔방에 슬그머니 들어서기까지의 시기를 가까스로 보존하는 데 집착했는지도 모를 일이다.

우리 셋은 로스 삐노스 행 버스의 경적이 울리기를 기다리며 텅 빈 가게에 있었다. 나는 그녀의 둥근 어깨와 아이를 돌보고 자신의 오렌지주스 컵을 비워가는 동작의 방어적이고 거의 반어적인 느릿함을 바라보았다. 나는 두 여자의 장단점에 대해 확신하지 못한 채, 그중 어느 한 사람을 편들지 않고 그 여자가 제공할 수 있는 것과 소녀가 제공할 수 있는 것을 비교해보았다. 단지 나에게는 썬글라스 낀 여자와 나 자신을 동일시하는 것이, 그녀가 호텔방으로 들어가는 것을 상상하는 것이, 그녀가 곧바로 침대 위의 굼뜬 기다란 몸뚱이 쪽으로, 알몸으로 낮잠을 자다 말고 미심쩍은 완전함을 가장하는 진부한 표정을 되찾으며 일어나다 포착된 용의주도한 얼굴 쪽으로 뛰어들도록 아이를 부추기려고 안간힘을 쓸 때의 제지하고 떠미는 동작을 예견하는 것이 더 용이했을 뿐이다.

두 여자 중에서 나는 아무런 이유도 없이 그 여자와 아이에, 세월에, 습관에, 임신에 걸었을 것이다. 간호사에게 유리한 내기였다. 왜냐하면 다음날, 전날과 똑같은 빛을 가진 한결같은 풍경 속에서, 나는 버스 문앞에서 흔들리는 작은 가방과 예의 그 쥐색 옷, 그리고 흰 장갑을 낀 손으로 꽉 움켜쥔 작은 모자를 보았기 때문이다.

그녀는 머리를 지나치게 꼿꼿하게 세우고 들어왔다. 비록 살짝 숙인 머리가 그녀의 도도함을 누그러뜨렸고, 또 실제적인 싸움 없이 보고 생각하는 모든 것과 갈라설 수 있는 능력을 거짓으로 암시하는 것처럼 보였지만 말이다. 그녀는 대들듯이 나에게 인사를 하고는 카운터 앞에 꼿꼿이 서있었다. 가방을 두 발 사이에 놓은 채 한 손의 세 손가락은 재킷 주머니에 어중간하게 찔러넣은 자세였다.

"절 기억하시나요?" 그녀가 물었지만, 질문이 아니었다. "낡은 호텔로 가는 차편이 언제 있나요?"

"30분만 기다리시면 돼요. 원하시면, 차를 한대 알아봐 드릴 수 있습니다."

"전에처럼요." 그녀가 웃지 않고 말했다.

그러나 나는 어떤 일이 있어도 그녀를 데려가지 않을 참이었다. 아마도 나는 그녀를 호텔까지 데려다주었던 첫 여행과 그때의 놀람을 되풀이하는 것의 불가능을, 그것을 시도하는 것의 비애를 떠올렸을 것이다. 그녀는 기다리는 편이 낫겠다고 말하고는 전에 앉았던 테이블에 자리를 잡았다. 그녀는 간호사와 같은 음식, 즉 치즈, 빵과 쌀라미, 정어리 등 내가 내놓을 수 있는 모든 것을 먹었다. 격자창에 한 팔을 기대고 내가 오가는 것을 바라보았고, 여기까지 여행하는 동안 상상했던 관대하고 활달한 표정을 나에게 시험해보았다.

"제가 도착할 때쯤이면 이미 점심식사가 끝났을 것 같아서요." 식사시간이 지난 뒤에 불쑥 호텔에 당도해 식사써비스를 요구하는 것이 호텔에 끼칠 가장 심각한 폐라도 되는 양 그녀가 해명했다.

손님들이 드문드문 어둠속으로 들어와 고개를 움직이지 않은 채 뚫어져라 내 얼굴을 쳐다보며 카운터 쪽으로 왔다. 그들은 오직 나의 감시를 방해하려고 온 사람들처럼 내가 시중을 들건 말건 신경쓰지 않고 나지막이 무언가를 주문했다. 그러고는 이내 소녀 앞에 놓인 음식접시를 흘끗거리며 지체 없이 몸을 돌려 그녀를 쳐다보았다. 그런 뒤에 조롱과 악의로 놀람을 과장하며 나의 눈을 찾았다. 그리고 그들 모두, 남자와 여자 들, 특히 씨에스따 시간에 산에서 내려온 녹초가 된 고집스러운 여자들은 내게서 일종의 공범관계를 확인하고 싶어했고, 막연한 비난에서 나와 한통속이 되고 싶어했다. 모두들 이야기의 전말을 알고 있는 듯했고, 모두들 나와 똑같은 여자에게 내기를 걸었으며 그녀가 좌절하는 것을 보게 될까 전전긍긍하는 눈치였다. 소녀는 얼굴을 감추지도 그렇다고 드러내지도 않은 채 계속해서 음식을 먹었다. 이윽고 담배에 불을 붙였고 나에게 앉아서 같이 커피나 한잔하자고 청했다.

그래서 나는 차분히 추측과 예언의 유희를 벌일 수 있었고, 그녀의 약점들에 대해 진지하게 걱정할 수 있었으며, 또 그녀의 나이와 미덕을 가늠해볼 수 있었다. 나는 '그녀를 증오한다면 마음이 더 편할 텐데'라고 생각했다. 그녀는 또다시 담배에 불을 붙이며 나에게 미소지었다. 그녀는 연기 뒤에서 계속 웃었고, 마치 그 순간 내가 막 간파한 것처럼, 느닷없이 모든 것이 돌변했다. 우리 둘 중에서 더 무기력하고 헛짚은 것은 바로 나였다. 나는 마을에서 보낸 15년 세월의 한결같은 불행을, 고독과 가게와 이 비루한 삶의 방식을 대가로 치렀다는 후회를 발견하고 있었다. 나는 티끌처럼 보잘것없는 죽은 존재였다. 그녀는 이곳을 오갔고, 고통받고 좌절하기 위해, 또다른 형태의 고통과 좌절을 예감하면서도 아랑곳하지 않고 그곳으로 떠나기 위해 이제 막 도착한 참이었다. 틀림없이 그녀는 내가 그녀를 증오할 수 있다면 더 편하게 숨쉴 것이라는 사실을 알아챘을 것이다. 왜냐하면 그녀는 나를 도와주고 싶어했고, 또 부질없는 토막말들 사이로, 담배를 만지작거리는 굳은 손가락들 뒤에서, 나의 필요에 따라 냉소적이고 오싹하고 한결같은 미소와 적대적인 두 눈의 광채를 조절해가며 계속해서 나에게 미소지었기 때문이다.

그리고 뒤에 든 생각이지만, 아마도 그녀의 그런 행동—미소, 냉담, 뻔뻔스러움—은 단지 나의 증오와 편안함을, 내가 체념으로 돌아가는 것을 용이하게 하기 위한 것만은 아니었을 것이다. 아마도 그녀는 또한 아주 가까운 미래에, 내가 예언했던 패배의 순간에, 혹은 그녀가 자신의 삶에 숙명처럼 부여했던, 자존심 너머의 아득하고 결정적인 또다른 순간에, 나의 동정심을 마비시키고자 했을 것이다.

"여기서 사는 건 마치 시간이 흐르지 않는 것 같아요. 아니면 흐르지만 나를 건드리지 않는 것 같기도 하고, 건드리지만 나를 변화시키지 못하는 것도 같습니다." 버스가 도착했을 때 나는 거짓말을 하고 있었다.

그녀는 테이블보로 쓰인 신문지 위에 10뻬쏘짜리 지폐를 빳빳하게 펴놓은 뒤에, 다시 장갑을 끼고는 가벼운 가방을 들고 카운터까지 걸어왔다.

'그녀는 머물려고 온 게 아니야.' 거스름돈을 세며 내가 생각했다. '달랑 하룻밤 지낼 옷밖에 가져오지 않았어. 그 하룻밤마저도 여기서 보내지 않을 거야. 그녀는 부정적인 말을 듣기 위해, 합리적으로 상황을 받아들이기 위해, 그리고 남자의 여생에 계속 미심쩍은 위안의 신화로 남아 있기 위해 자신이 이곳에 왔다는 걸 알고 있어.' 그녀는 바닥을 내려다보며 미소를 띤 채 가까스로 인사말을 속삭였을 뿐이다.

나는 계속해서 그녀에게 눈길을 주었고, 아직도 그녀의 그때 모습을 기억한다. 가방을 들고 있는 팔 쪽으로 몸이 기울어진 모습이 거만하면서도 구걸하는 듯했고, 참을성이 없다기보다는 참을성에 대한 이해가 결여된 것 같았다. 눈은 내리깔고 있었고, 미소로써 계속 살아가기에 충분한 욕구, 아무라도 붙들고 눈을 깜박이고 고갯짓을 해가며 이 불행은 중요치 않으며 불행이란 한낱 날짜를 표시하고 우리가 가로지르며 살아가는 숱한 인생의 처음과 끝을 분리하고 알기 쉽게 만들기 위해서만 필요하다고 말하기에 충분한 욕구를 자아냈다. 카운터 맞은편의 내 앞에서 이 모든 것, 이 근거

없는 허구의 총체는 종 안에 스며들듯 따뜻하고 축축하고 혼란스러운 가게 냄새와 어스름 속에 스며들었다. 소녀는 전직 농구선수의 구부정한 어깨를 재현하며 버스기사를 뒤따라 걸어갔다.

그런데 바로 그날 저녁 혹은 몇주 후에—그 순간부터 이미 나는 그들에게서 서로 다른 좌절의 방식만을 보았으므로 이제 정확성은 무의미했다—간호사와 웨이트리스 레이나가 나에게 호텔과 작은 집에서의 에필로그를 들려주기 시작했다. '하나의 에필로그. 이 두 사람이 상상할 수 있는 대로, 논란 많은 이야기를 위한 결말일 테지.' 나는 나 자신을 변호하며 생각했다.

간호사와 웨이트리스는 매일 오후 점심식사 후에 가게에서 만났다. 그들은 어느 곳에서나 눈에 띄었는데, 마을사람들이나 세상사람 어느 누구도 그들이 함께 있는 것을 상관하지 않았을 것이다. 또 아무도 그들이 서로 못 만날 사이라고 생각하지 않았을 것이다. 그러나 그들이 씨에스따 시간에 가게에서 만났고 서로 모르는 척했다면—내 앞에서, 선반 앞에서, 회칠한 벽과 딱딱하게 굳은 그 기포 앞에서—또 짧은 고갯짓으로 서로 인사를 나누고는 같은 테이블에 앉아 속닥거리기 위한 구차한 변명을 둘러댔다면, 간호사나 레이

나—뚱뚱한데다 반쯤 벌어진 입과 너무 오래 기다린 여자
들 특유의 벽창호 같은 차가운 눈을 가진—중에서 누군가
는 사람들이 뭔가 없는 말을 지어내고 있다고 생각했을 것
이다.

그들은 실제적인 방해물도 믿을 만한 괴롭힘도 없는데도
자신들을 아주 가엾게 여겼음에 틀림없다. 마지막에는 늘
서로 스치지 않도록 조심하면서 싱글거리는 둥근 얼굴들을
내 쪽으로 돌렸다. 그들은 내가 썬글라스를 낀 펑퍼짐한 여
자 쪽에 걸었을 것으로 생각하고는 침을 튀겨가며 그녀를
두둔했고, 그녀가 지녔거나 그녀가 나타내는 덕목들과 두
여자 중 더 나이 많은 여자가 호텔과 작은 집에서 48시간 동
안 옹호하고 있었던 영원한 가치들을 세심하게 한 목소리로
늘어놓았다.

"그는 죽어 마땅해요." 웨이트리스가 말했다. "그를 죽여
야 해요. 그 새파란 화냥년, 죄송해요, 그년은 어떻게 해야
할지 모르겠어요. 자식이 하나 있다는 걸 생각하면 죽여도
성이 안 차죠."

"의붓자식이지." 간호사가 바로잡았다. 그러나 그는 내가
동의하지 않을 수 없다는 것을 확신하고 나에게 행복한 복
수의 미소를 보냈다. "당신은 연말의 그날 밤에 그녀를 호텔

로 데려갔어요. 물론 어떤 상황인지 상상도 못했겠지요."

"무슨 수로 알겠어요!" 나를 두둔하기 위해 그녀가 나의 눈을 찾으며 분개하여 날카롭게 소리를 질렀다.

나는 그들이 이야기하며 재구성하는 에필로그에 귀를 기울였다. 나는 우리가 살고 있는 고지대의 부서진 한조각 땅을, 우리에 앞서 그곳에 살았던 사람들의 이야기를 생각했다. 나는 집안에 틀어박혀 증오하기 위해, 그들이 밟고 있는 땅과 전혀 상관없는 공통의 과거를 논의하고 해결하기 위해 이 마을에 온 세 사람과 아이를 생각했다. 나는 이런저런 생각을 하며 카운터를 보았고, 컵을 닦고 물건의 무게를 달고 돈을 주고받았다. 오후에는 언제나 간호사와 레이나가 구석 자리에서 소곤대는 소리를 들었다. 나는 그들이 서로 손을 꼭 잡고 있는 것을 알고 있었다.

소녀가 호텔에 도착했을 때, 남자와 여자는 아직도 아이와 함께 말없이 식당에 앉아 커피잔을 젓고 있었다. 여자는 고개를 들어 소녀를 보았다. 소녀는 프런트에 맡기고 싶지 않았던 가방을 든 채 테이블 두 개 정도 거리에 멈춰서 있었다. 엄숙하고 거의 오만한 미소와 납작한 눈의 고요함을 통해 그녀는 상처를 입히기도 상처를 입기도 원치 않는다는 것을, 패배든 승리든 개의치 않는다는 것을, 그리고 그때 여자가 막 발견한 사실이지만, 그들이 다다를 일체의 합의가 부당할 수밖에 없는 것과 마찬가지로 그 모든 것—산에서의 삼자회동, 예견할 수 있는 분란, 희생의 제공—은 우스꽝스럽고 공허하고 무의미하다는 것을 선언하고 있었다. 그러나 다소 냉담한 시선으로 빈 테이블과 얼룩진 컵 들 그리고 아무렇게나 놓인 냅킨을 내려다보았음에도 불구하고, 그녀는 미지근한 커피잔 위에 남아 있는 수척한 무리를 알아보지 못한 척했다. 레이나에게 이러한 행동은 이해할 수 없는 언짢은 일이었다.

"그녀는 머뭇거리고 있었어요. 그녀조차 아이를 보며 수치스러워했지요."

여자는 소녀가 멈추었다가 마지못해 걸음을 떼는 것을 보았다. 여자는 그녀를 한눈에 알아보았다. 여자는 그녀의 사진을 본 적도 전혀 없었고, 또 남자에게서 두려워하고 증오할 만한 대상으로서의 이미지를 구축하기에 충분한 형용사들을 끌어내기에 이른 적도 결코 없었다. 그러나 어쨌든 여자는 얼굴과 나이와 키를 마음대로 조작했고, 그녀가 상상력으로 빚어내는 데 성공한 일시적인 조합, 계속해서 변하는 원한의 표적들은—동시에 자기연민의 근원이자 연애시절과 신혼여행에 대한 되살아난 전도된 자존심의 원천이었다—미소를 띤 채 친근하게 테이블로 다가오던 소녀와 관련이 있을 수 없었다. 남자는 몸을 일으켰다. 그의 등은 한없이 애처롭고 왜소해 보였다. 테이블보 위에 열 손가락을 올려놓은 채였고, 입술에는 식후에 피워물었다가 미처 끄지 못한 담배가 힘없이 물려 있었다. 그는 하나의 이름을 중얼거렸고 그뿐이었다. 인사말이나 소개말도 하지 않았다. 소녀가 앉지 않았기 때문에 그는 다시 자리에 앉지 않았다. 소녀는 여자의 썬글라스와 거무스름한 입, 그리고 눈썹을 깜박거리며 호기심을 보이는 아이를 내려다보며 꼿꼿이 서 있었다. 소녀는 더이상 미소를 필요로 하지 않았다. 모든 희망을 잃어버린 그녀는, 한 시간 전에 나와 카운터를 마주하고 있을 때처럼, 체크무늬 점심 테이블보 모서리 앞에서 생각에 잠겨 있었다. 갑자기 몰려드는 피로를 견디기 위해 트렁크 한쪽 귀퉁이를 의자 위에 걸쳐놓은 채였다.

여자는 자신이 미리 예상했던 얼굴을 잊고 소녀를 정확히 실제 모습 그대로 상상했다고 기억했다. 또 소녀의 나이와 덧없는 아름다움, 어질고 순박한 표정의 위력과 허위를 인지했다. 여자는 다시 한번 소녀를 증오하고 있었다. 일부러 애를 쓴 것은 아니었다. 그저 오랜 습관의 힘에 이끌렸고, 평생 그녀를 증오해왔다는 갑작스러운 확신의 도움을 받았을 뿐이었다.

　여자는 타다 남은 담배꽁초가 커피에 떨어지도록 둔 채 천천히 머리를 숙였다. 자신의 반지 낀 손을 바라보았고, 미소를 지으며 아이를 어루만졌다. 또 마치 아이와 단둘이 있는 것처럼 말을 억지로 지어내려 애쓰지 않는 소리로 입술을 달싹거렸다. 그때 몸이 구부정한 키 큰 남자가 활기차게 테이블보에서 손가락을 떼더니 입에 물고 있던 담배를 빼내며 소녀에게 의자를 내주었다. 그러나 이제 그녀는 얼굴에 오만이나 경멸, 혹은 사랑과 동떨어진 미소를 띤 채, 남자에게 눈길도 주지 않고 의자에서 가방을 집어들고 테이블 사이로 왔던 길을 되돌아 걸어나갔다.

　"내가 여기 호텔로 오라고 한 게 아니야." 남자가 무덤덤하게 해명했다.

　"고마워요." 여자가 말했다. 그녀는 아이의 머리카락을 쓰다듬고 손마디로 아이의 볼을 붙잡았다. "여기든 다른 곳이든 마찬가지예요. 그렇지 않나요? 게다가 우린 이미 결론을 내리지 않았나요? 때때로 우린 돈이 누구 것인지 잊고 지내요. 당신은 그녀를 식사에 초대했어야 해요." 여자는 자기도 웃을 수 있다는 걸 보여주며 그를 쳐다보았다. 졸음이 쏟아지는지 아이는 입을 벌린 채 몸을 떨며 딸꾹질을 했다. 여자는 아이의 코밑과 이마에 맺힌 땀을 닦아주었다.

소녀는 어둑어둑한 바를 가로질러 식당을 완전히 등진
채, 천천히, 열쇠가 주렁주렁 매달려 있는 프런트 데스크의
키박스 앞을 지나갔다. 가방을 다른 손에 바꿔들기 위해 테
라스에서 잠시 걸음을 멈추었다가 돌계단을 내려가기 시작
했다. 그 순간에는 울 수 없었다. 한 발 한 발 허둥대지 않고
날렵하게 계단을 내려가는 동안 그녀는 패배나 승리의 기색
을 내비치지 않았다. 훈끼요 버스가 호텔 앞에 멈추었고 운
전사는 경적을 울렸다. 한 남자가 굳어진 다리를 풀기 위해
버스에서 내렸다. 한쪽 어깨에 불그스름한 뽄초를 걸친 땅
딸막한 그 남자는 얼빠진 모습으로 왔다갔다했다. 아마도
그녀는 축구장을 뛰어다니는, 넝마 걸친 시커먼 아이들을
바라보았을 것이다.

"그런데 그는 잠시 안절부절못하고 있었어요. 이 말은 꼭
해야겠어요. 그는 부리나케 그녀를 뒤따라 뛰어나가지 않았
어요." 웨이트리스와 간호사가 이야기했다. "텅 빈 식당에
서 여자와 아파 보이는 어린 아들을 바라보고 있었지요. 그
런데 어느 순간 수치나 체면보다 소녀가 소중하게 생각되었
는지, 무슨 말인가를 내뱉고는 언제나 그렇듯 지친 걸음으
로 느릿느릿 뒤쫓아나가더군요. 아마도 용서를 구했겠지요.

버스 앞에서 소녀를 따라잡은 남자가 한쪽 팔을 붙잡았는데도 그녀는 누군지 보려고 돌아보지조차 않았어요."

호텔 종업원이 짐을 짊어지고 버스까지 달려오는 동안 그들은 햇빛 아래에 멈춰서서 말을 주고받았다. 그리고 브레이크가 풀리고 버스가 가게 쪽으로 내려오기 시작했을 때, 소녀는 갑자기 웃기 시작했고 그가 그녀의 가방을 들고 가도록 내버려두었다. 두 사람은 손을 잡고 천천히 산길을 올라갔고, 구경꾼들이 에워싸기 시작한 축구장 가장자리를 따라 걸었다. 그들은 치과병원 모퉁이에서 위쪽으로 방향을 틀어 포르투갈 처녀들의 작은 집까지 계속 지그재그로 나아갔다. 남자는 베란다에서 걸음을 멈추고 메마른 강바닥과 바위들, 호텔의 쓰레기장을 바라보고 있었다. 그러나 그는 집 안으로 들어가지 않았다. 그가 그녀와 포옹하고 나서 베란다 계단을 내려오는 것이 보였다. 그녀는 문을 닫았다가 남자가 멀어지자 다시 열었다. 그녀는 채석장 사무실들 뒤로 사라질 때까지 그를 볼 수 있었다. 축구장 언저리와 길에서 작고 희미한 그의 모습이 다시 그녀의 눈에 들어왔다.

나는 포옹 후에 종종걸음으로 호텔 쪽으로 내려가는 남자의 모습을 상상했다. 나는 그의 키와 그의 피로를 의식했고, 또 과거의 존재는 우리가 그 과거에 제공하는 현재의 양에 달려 있으며 우리가 그것을 조금만 제공할 수도, 전혀 제공하지 않을 수도 있다는 사실을 의식했다. 그는 포옹 후에 산을 내려갔다. 부득이 모든 위험을 무릅쓰거나 거의 그 위험을 유발할 정도로 젊고 건강한 모습이었다.

"그들은 그곳에 없었어요. 그가 돌아왔을 때 부인은 이미 아이를 데리고 자리를 뜬 뒤였고 아이는 계단에서 발을 동동 구르고 있었지요. 방문은 안에서 잠겨 있었어요. 그래서 남자는 노크를 하고 나서 눈속임을 위해 복도를 지나는 모든 사람들에게 미소를 지으며 기다려야만 했어요. 그녀가 잠에서 깨어나거나 아니면 그에게 문을 열어주고 싶은 마음이 들 때까지요." 그들이 이야기했다. "그런데 의사 군스는 그녀가 가방을 들고 도착했을 때 식당에 있었지만 아무것도 보지 못했다고 우기더군요. 그러나 그는 별수없이 남자가 처음부터 요양소에 들어갔어야 했다고 한마디할 수밖에 없었지요. 아마도 그랬다면 우리는 다소 희망을 가질 수 있었겠지요."

그는 웨이트리스들과 점심식사 후에 공원을 산책하고 돌아오는 노부인들이 지나다니는 복도의 희미한 불빛 아래서 부끄러워하며, 시치미를 떼고 천천히 노크를 했다. 기다리는 동안 그는 빛바랜 외설의 옛 이름들을, 이제는 더이상 존재하지 않는 한 여인을 위해 오래전에 그가 지어냈던 이름들을 떠올리고 있었다. 마침내 그녀가 와서 문을 따주고는 다시 침대에 몸을 던지기 위해 물러갔다. 그녀는 이제 썬글라스를 벗고 반쯤 벌거벗은 모습으로 부끄러움과 졸음을 과장했다. 그는 그녀의 대퇴부의 형상과 질질 끌리던 맨발, 잠든 아이의 벌어진 입을 보았다. 발을 앞으로 내딛기 전에 그는 과거란 한갓 낯선 꿈 정도의 가치밖에 지니지 못한다고 생각했다. 아니 그런 사실을 새삼 발견했다.

"그래, 지금 당장 끝내는 게 좋겠어." 만사가 그토록 간단하다는 걸 확인하는 것 말고는 다른 어떤 고통스러운 감정도 없이, 침대에 앉으며 그가 말했다. "그녀가 옳았어. 어리석은 짓이야. 건강에 안 좋아."

그렇게 말하고 나서 그는 팔짱을 낀 채 놀란 표정으로 여자가 흐느끼는 소리를 듣고 있었다. 그는 마치 하나의 행위가 아니라 하나의 사악한 생각에 대해 막연히 뉘우치듯 마음 아파했고, 그 흐느낌이 부당하게도 은연중에 자신을 겨냥한다고 느꼈다. 그는 미소를 지으며 몸을 움츠렸고, 더이상 참을 수 없을 때까지 온몸에 정감이 차오르도록 가만히 있었다. 그는 기분좋게 여자의 엉덩이를 토닥거렸다.

"난 죽을 거야." 그가 말했다.

오후의 마지막은 사라졌다. 그는 아마도 자신이 색욕을 통해 되찾은 행복감을 그녀에게 옮기는 것이 가능하리라고 생각하며 여자를 소유하려고 했을 것이다. 밤이 왔을 때 남자는 방에서 내려와 프런트 데스크 담당자, 그리고 바텐더와 농담을 하기 시작했다.

"평소 옷차림으로 내려왔어요. 여름옷도 겨울옷도 아닌, 깃 달린 예의 그 쥐색 슈트에 넥타이를 매고 반짝이는 구두를 신은 차림으로요. 그는 다른 옷이 없어요. 하지만 그가 걸친 모든 것이 방금 산 것처럼 보였어요. 마치 점심시간에 아무 일도 일어나지 않았고, 소녀는 이곳에 도착하지도 않았으며, 또 아무도 무슨 일이 일어나고 있는지 모르는 것 같았죠. 그는 전에 없이 쾌활하고 수다스럽게 내려와 프런트 데스크 담당자에게 농담을 건네고 바텐더에게 같이 한잔 하자고 떠밀었으니까요. 믿을 수 없는 일이에요. 그는 저녁식사를 위해 오는 사람들 모두에게 함박웃음을 지으며 인사를 건넸어요. 심지어 제가 모르는 누군가는 군스한테 남자에게 완쾌된 사실을 알렸냐고 묻기까지 하던걸요."

그들이 저녁식사를 하려고 테라스에 테이블을 놓고 막 자리에 앉았을 때, 소녀가 돌계단을 올라와 느릿느릿 정답게 다가왔다. 소녀는 여자와 악수를 했고 그들과 함께 식사했다. 그들이 웃고 와인을 주문하는 소리가 들렸다. 통통한 여자는 이미 아이에게 무관심해졌고, 이제 이마 위로 흘러내린 아이의 머리카락을 쓰다듬기 위해 규칙적으로 한 손을 움직이는 것은 소녀였다.

그러나 남자가 방에서 내려온 순간부터 웨이터가 와서 그에게 테라스에 테이블이 준비되어 있다고 말하고 그가 썬글라스 낀 여자에게 팔을 내밀기 위해 바의 카운터에서 몸을 일으키기까지는 두 시간의 시차가 있었다. 그 두 시간 동안 그는 호텔에서 지낸 시간을 되찾기 위해, 그리고 그 시간을, 타인들의 기억 속에서, 견딜 수 있고, 평범하며, 다른 사람들이 살았던 시간과 뒤섞일 수 있는 것으로 만들어줄 관심의 표현과 단순한 호의로 가득 채우기 위해 부지런히 움직였다. 그는 대상에 따라 지나간 달들에 두루 고르게 배분되도록 그 두 시간 동안 사방에 미소를 던졌고, 초대를 남발했으며, 쩌렁쩌렁한 목소리로 인사를 건넸다. 그리고 기온과 섭생에 관해, 그 대담함을 용서할 수 있는, 들뜬 질문들을 던졌고, 사람들의 등을 손바닥으로 때리고 다녔으며, 여자들에게는 정중하고 뜨거운 시선을 보냈다. 그는 또한 바에서 함께 술을 마시는 사람들을 위해 곡예와 짧은 어릿광대극을 마다하지 않았고, 느닷없이 진지해지기도 했으며, 동의나 침묵을 구하기 위해 한 손을 올리기도 했다. 또 군스 박사가—그는 막 로비에 들어와 석간신문을 달라고 했다—조끼 단추를 끄르고 나서 재빨리 슬금슬금 저울 쪽으로 다가가서 원기를 회복한 긴 몸뚱이를 꼿꼿이 세운 채 발판 위에서 미동도 하지 않을 때 그를 놀라움과 존경의 눈길로 바라보기도 했다. "75." 군스가 바의 카운터에 다시 자리를 잡으며 안도하듯 몸무게를 알렸다. 그는 분명 거짓말을 하고 있었다. "한잔 더 해도 되겠어."

모두들 웃음을 터뜨렸고 군스는 고마움을 표했다. 그가 주위 사람들의 등에 흩뿌리고 다니던 타격의 일부가 자신에게 되돌아오는 동안, 사람들이 얼마나 쉽게 죽음을 두려워하는지, 또 얼마나 쉽게 죽음을 증오하고, 죽음에서 벗어나 죽음 없이 살 수 있는 비결을 얼마나 쉽게 믿는지 감탄하며 생각하는 동안, 그는 계속 미소를 머금었다. 절망하든, 어릿광대짓을 하든, 정치에 대해 이야기하든, 아니면 선반에 있는 술병들의 라벨에 적힌 외국어를 마음속으로 읊조리든 상관이 없었다. 그는 이곳에 도착한 날부터 쌓인 외상값을 욕심 없이 서둘러 집요하게 갚고 있었기 때문에, 카운터 유리에 부착된 관광포스터 위에 상체를 비스듬히 기대고 있던 사람들에게 양해를 구하고는 한 손에 술이 채워진 잔을 들고 고리버들 테이블로 다가갔다. 그곳에서 군스 박사가 축구 기사를 읽고 있었고 간호사는 야간회진 때 놓아야 할 주사내역을 수첩에 적고 있었다.

"그를 보았더라면 좋았을걸요. 저로서는 같은 사람이라는 걸 납득하기 힘들었습니다."

남자는 굼뜬 손가락으로 술잔을 받쳐들고는 번쩍이는 씰크넥타이와 씰크셔츠를 드러내놓고 자랑하며—'마치 그의 인생에서 가장 행복한 밤인 것처럼, 마치 이 밤을 축하하고 있는 것처럼'—군스의 금빛 콧수염과 그가 걸친 안경의 금빛 광채, 그리고 군스가 그에게 코맹맹이 소리로 빠르게 하는 말에 경계의 시선과 온화한 미소를 보냈다.

"저는 식당으로 테이블보와 접시를 나르며 왔다갔다했어요. 왜냐하면 우연히 다른 여종업원이 몸이 아팠거든요. 아니 자기 입으로 그렇게 말했어요. 저는 물건을 들고 사무실을 내려와 바의 카운터와 그들이 앉아 있던 테이블 사이로 지나다녔어요. 좀전에 저한테 생수와 아스피린을 부탁했던 부인이 아이를 데리고 내려오기 전이었지요. 그녀는 머리를 단정하게 빗은 아이가 흔들의자에 앉아 앞뒤로 움직이는 뒷모습을 지켜보았어요. 또 계속 손에 들고 있던 술잔을 홀짝이며 이따금씩 미소를 지었어요. 마치 비나 테니스코트의

웅덩이 같은 사소한 것들에 대해 담소를 나누는 것 같았습니다."

남자가 모든 사람들에게 일으키고 있던, 억제할 수 없는 바로 그 기쁨과 우애의 물결 속에서, 그는 이성적으로 판단할 때 몇달이나 더 살 수 있는지 의사에게 의견을 물었다. 그리고 이 순간 그는 잃어버린 시간을 되찾기 위한 속도전에서, 그리고 자신이 호텔과 마을의 사람들에게 부과했던 불쾌하고 허세에 찬 기억을 바꾸기 위한 시도 속에서 억제되었던 대상 없는 빈정거림을—군스나 간호사를 향한 것도, 또 분주하게 오가는 웨이트리스를 향한 것도 아닌—더 눈에 띄게, 더 거리낌없이 드러내야만 했다. 군스의 말에 귀기울일 때 그의 미소에는 내가 그를 보고 한눈에 짐작했던 본질적인 불신, 그리고 처음으로 어깨에 예리한 통증을 느꼈을 때 틀림없이 그가 발견했을, 그리고 웨이트리스와 간호사가 목격하고 있던 시간의 흐름 속에서 그가 온전히 받아들이기로 결심했던 어렴풋한 믿음의 결여가 거의 도발적으로 나타나 있었다.

"하지만 무슨 수로 군스의 경솔함을 간파하겠어요? 그는 언제나 그렇듯 완치에 대해 얘기했어요. 군스는 처음부터 완치를 위해 요양소에 들어가라고 권했다고 그에게 말했지

요. 그때 이미 취한 게 분명했지만 침착함을 잃지 않고 있던
남자는 요양소생활은 견딜 수 없다고 말하며 웃더군요. 여
자가 아이를 안고 계단에 모습을 나타냈을 때, 그는 우리에
게 미국 팀과의 경기에 대해, 경기가 끝나고 자신에게 마이
크를 들이댔을 때 거의 울지 않을 수 없었던 상황에 대해 말
하기 시작했습니다. 누군가가 이 경기에서 패한 것은 그의
탓이었다고 말했어요. 그는 작별인사를 하고 바의 카운터로
돌아갔지요. 그는 여자가 아이를 데리고 그의 뒤쪽을 지나
테라스로 나가도록 가만히 있더군요. 나에게 온 전화가 있
는지 바텐더에게 물어보러 갔는데, 그가 미국선수들과의 농
구시합에 대해 똑같은 이야기를 늘어놓고 있었어요. 이번에
는 플레이 하나하나, 득점 하나하나 자세히 설명했어요.”

“내가 아스피린과 생수를 가지고 40호실로 올라갔을 때,
그녀는 나를 아주 호의적으로 맞아주었습니다. 아이는 창가
의자에 올라서서 밖을 내다보며 고양이를 부르고 있더군요.
그녀는 내가 테이블 위에 쟁반 올려놓는 것을 거들어주었
고, 나에게 고무창 구두를 신는 건 참 멋진 생각이라고 말했
던 기억이 나요. 난 그녀에게 아주 편하긴 하지만 키가 무척
작아 보이게 한다고 했죠. 그녀는 속옷차림에 안경도 걸치
지 않은 상태였는데, 아주 커다란 초록색 눈동자에, 다크써

클이 있었어요. 내가 병을 따는 동안 그녀가 양손이 거의 어깨에 닿을 만큼 팔짱을 낀 채 벽에 기대서서 나를 쳐다보는 게 느껴졌어요. 마치 우리가 친구 사이인 것처럼, 그리고 뭔가 고민거리를 얘기하려고 내가 40호실로 올라갔고 그녀는 나를 기다리고 있었던 것처럼 말이에요. 내가 방을 나올 때 그녀가 한쪽 팔을 움직여 나를 부르더니 정색을 하고 말했어요. '저에 대해 아무것도 모르시면서, 지금처럼 그런 눈으로 보시면…… 제가 나쁜 여자로 보이나요?' 나는 그녀에게 이렇게 말했어요. '제발 그런 말 마세요, 부인. 당신은 절대 나쁜 여자가 아니에요.'"

그는 왜 하찮은 다른 것들을 모두 제쳐두고 하필 농구시합 이야기를 택했을까? 나는 그가 바의 스툴에 꼿꼿이 앉아 이쪽저쪽에 과오와 패배, 젊음에 대한 무의미한 이야기를 늘어놓는 것을 보았다. 나는 가장 잘할 수 있는 이야기인 양, 가장 완벽하고 가장 쉽게 이해할 수 있는 상징인 양, 그가 그날 밤 루나 파크에서의 기억을 선택하는 것을 보았다. 라커룸에서 주고받은 농담과 100뻬쏘에 팔린 암표, 격돌, 땀, 용기, 트릭, 환멸 속의 고독, 그리고 이제 더이상 소리치지 않고 자리를 뜨는 관중의 소란 한복판에서 불빛에 눈이 부시던 것에 대한, 수없이 왜곡된 부정확한 기억을.

　어쩌면 그는 하나의 기억이 아니라 이미 세상에 다 알려진 참을 만한 수치스러운 과오를, 자신의 책임임을 인정한 해악을 선택하고 있었는지도 모른다. 이제는 아무에게도 상처를 주지 않았지만, 그는 그 과오를 다시 살려내 자기 탓으로 돌리고 재앙으로 탈바꿈시킬 정도로, 다른 모든 후회를 덮어버릴 수 있게 만들 정도로 과장할 수 있었다.

　"그들은 절친한 친구들처럼, 사실과 달리 네 사람이 마치 단란한 가족인 것처럼 테라스에서 다정하게 식사를 했어요. 식사가 끝났을 때, 남자는 산장까지 소녀와 동행했고 여자는 아이를 안고 돌계단을 내려가 호텔 입구까지 그들을 배웅했어요. 아이를 자리에 눕히고 나서 여자는 식당으로 돌아와 술 한잔을 청했지요. 그녀는 군스가 혼자 남을 때까지 기다리고 있었어요. 그가 혼자 남게 되자 그를 불러 30분가량 대화를 나누었지요. 남자가 산장까지 갔다 오는 데 그 정도 시간이 걸렸거든요."

　그녀는 슬프지도 기쁘지도 않았다. 남자가 식당 문에서 두 사람을 발견하고는 꼬챙이처럼 마른 몸을 꼿꼿하게 세우며 조롱하는 듯 경계하며 다가갔을 때 그녀는 더욱 젊고 또 더욱 성숙해 보였다. 군스는 아직 골똘히 생각에 잠겨 안경을 닦으며 천천히 몇분을 더 애기했다. 여자의 손이 조심스럽고 무용지물인 남자의 손을 문질렀다. 거짓말과 인정어린 반응의 이면에서 그녀는 놀람과 호기심을 느꼈다. 그녀는 마치 군스에게 현재를 넘어서는 짤막한 전기, 즉 그 우연한 일치의 순간 너머에 위치하는 몇개월을 망라하기에 이르는 예언적이고 신뢰할 만한 이야기를 들은 뒤에 막 그를 소개 받은 것처럼 남자를 찬찬히 살펴보았다. 그녀는 결코 그와 잠자리를 같이한 적이 없었다. 그녀는 그의 습관과 혐오, 그리고 슬픔의 의미를 알지 못했다.

군스는 자리를 떴고, 그들은 이제 합의하에 영영 갈라선 채 말없이 좀더 술을 마셨다. 그들이 잠을 자려고 계단을 올라갈 때, 그녀는 한걸음 한걸음 내딛을 때마다 자신들의 두 몸뚱이가 야간경비원과 바에 남아 하품을 하고 있는 사람들에게 줄 수 있는 인상을 떠올렸다가 지워버리며, 또 세상 그무엇도 한곳에 머물거나 되풀이되지 않는다는 것을 발견하며—결코 받아들이지 않을 수줍은 열광으로—어쩔 수 없이 남자의 단단한 힘에 기대어 걸어야겠다고 느꼈다.

"그날 밤 일만 해도 이미 충분히 이상해요." 간호사가 주장했다. "두 여자가 헤어질 때 입맞춤을 교환하면서 평생친구처럼 행동했거든요. 하지만 그 다음날 일어난 일은 도대체 믿을 수가 없어요. 왜냐하면 점심식사 후에 음식임에 틀림없는 꾸러미를 들고 혼자 산장까지 걸어 올라간 장본인은 바로 그녀였으니까요. 남자는 아이와 함께 남겨졌고, 아이를 그동안 자신이 발견한 가장 아름다운 곳인 쓰레기장으로 데려가 거닐게 했어요. 그는 모자로 얼굴을 덮고 셔츠 차림으로 태양 아래에 드러누웠어요. 쳐다보지도 않고 마른 잡초를 뜯어서 아이가 바위 사이를 기어오르는 동안 씹고 있었어요. 미끄러져 목이 부러질 수도 있었지요. 모자로 눈을 가린 채 코트를 베개 삼아 태양 아래 벌렁 드러누워 있는 남자를 상상해보세요. 위쪽에서 쑥덕거리고 있을 여자들이나 아이 따위는 전혀 개의치 않고, 돼지우리 속의 돼지처럼 폐휴지, 깨진 병, 그리고 더러운 솜이 무더기로 쌓여 있는 곳 거의 바로 옆에서 말이에요. 그런데 날이 추워지기 시작하자 아이는 배가 고파서인지 아니면 따분해서인지 가서 그를 흔들었지요. 결국 남자는 자리에서 일어나 아이를 목말 태우고 호텔로 다시 데려갔어요. 다섯시경에 그녀가 도착했습니다. 그녀는 핼쑥하니 더 늙어 보였고, 바에 혼자 남아 술을 한잔했어요. 한 손으로 얼굴을 괸 채, 움직이지도 시선을 주지도 않았죠. 이윽고 그녀가 올라갔고 한바탕 대단한 말다툼이 벌어졌어요.”

“말다툼은 아니었어요.” 레이나가 부드럽게 바로잡았다.

"난 맞은편 방을 치우고 있었는데 그들이 내는 소리를 듣지 않을 도리가 없었죠. 하지만 잘 들리진 않았어요. 그녀는 그가 행복한 걸 보는 게 유일한 소원이라고 말했어요. 그 역시 큰소리를 내지 않았어요. 이따금 웃었지만 그건 성난 거짓웃음이었지요. '군스는 당신한테 내가 죽을 거라고 했어. 바로 그 때문에 희생이고 체념인 거야.' 그 순간 그녀가 훌쩍이기 시작했고 곧이어 아이도 따라 울었어요. '그래.' 단지 그녀를 괴롭힐 목적으로 그가 말했어요. '난 죽은 몸이야. 군스가 당신한테 그렇게 말했잖아. 당신이 그녀에게 선사하고 있는 건 바로 이 모든 것, 180쎈티미터의 산송장이야. 그녀도 똑같이 할 테고, 당신도 마찬가지로 받아들이겠지.'"

"그를 두둔하는 건 아니에요." 간호사가 말했다. "하지만 그가 절망적인 상태였다는 걸 감안해야 해요. 여자들 사이에 일종의 타협이 있었고, 또 비록 그것이 그가 원했던 것이라 해도, 그 일이 있었을 때 그가 진실을 알았다는 건 부인할 수 없어요. 틀림없어요. 그는 이미 진실을 알고 있었어요. 하지만 언제나 그런 식이에요. 당신은 그녀가 아이와 함께 와서 버스를 타는 걸 보았잖아요. 이번에는 그녀가 영영 떠나는 게 거의 확실해요. 그들은 산장에 살고 있어요. 호텔에서 그들에게 음식을 날라다주고 그들은 결코 집밖으로 나가는 법이 없지요. 단지 언젠가 한번 밤에 그들이 베란다에서 담배 피우는 모습이 눈에 띄었을 뿐이에요. 그리고 군스말로는 이젠 그를 요양소에 집어넣을 겨를도 없이 상황이 급박하게 돌아갈 거라고 하더군요.”

여자는 아이를 안고 가게 앞을 지나갔다. 그건 사실이다. 그러나 가게로 들어오지 않고 나무 그늘 아래서 버스를 기다렸다. 나는 잔을 씻으며 마치 염탐하듯이 카운터에서 몰래 그녀를 바라보았다. 그녀가 내게서 가져가고 싶어하는 게 있었다면 무엇이든 내주었을 것이다. 나는 그녀에게 우리는 의견이 일치한다고 말했으리라. 그녀가 다른 여자에게 남기는 것은 남자의 시신이 아니라 그가 죽는 것을 거들어 줄 특권, 그 사내의 인생 전체이자 열쇠라는 데서 그녀와 생각이 같다고.

다른 두 사람은 초겨울까지, 그러니까 일년 중 유일하게 눈발이 날리고 나서도 며칠이 지나도록 내내 작은 집에 틀어박혀 지냈다. 더이상 편지는 도착하지 않았고, 단지 ‘중고 옷’이라는 딱지가 붙은 소포가 하나 왔을 뿐이다.

부동산 사무실의 안드라데가 네 차례나 그들을 찾아갔는데 그때마다 항상 소녀가 그를 맞았다. 친절하고 말수가 적은 그녀는 상대방의 호기심은 아랑곳없이, 안드라데가 자전

거를 타고 가면서 궁리했던, 그곳에서 꾸물거리기 위한 구
실들을 무용지물로 만들었다. 어느 달 초하루였고, 문을 두
드릴 사람은 안드라데뿐이었다. 그녀는 기다렸다는 듯이 검
은 스웨터에 주름진 바지 차림으로 소년 같은 몸을 빠르고
정확하게 움직여 곧장 달려나왔다. 그녀는 그에게 인사를
건네고 나서 말없이 돈을 영수증과 맞바꾸고는 다시 인사를
했다. 안드라데는 자전거를 타고 지그재그로 사무실로 돌아
가고 있었다. 또 자신이 무엇을 보았고 거기에서 무엇을 추
론할 수 있는지, 사람들에게 뭐라고 신소리를 늘어놓을지
생각하며 자신이 관리하는 산중턱의 다른 집들을 계속 돌아
다녔다.

　여자가 아이를 데리고 떠나던 바로 그날, 남자는 계산을
치르고 호텔을 나왔다. 그래서 이제 투숙객들에게 그는 그
들 가운데 하나가 아니었다. 마지막 밤에 그가 아낌없이 나
눠준 친절과 동료애는 그가 영수증을 챙겨넣고 한쪽 어깨에
비옷을 걸친 채 마지막 열정으로 침묵의 인사를 나누고 이
쪽저쪽에 미소를 던지며 돌계단을 내려가는 순간부터 잊히
기 시작했다. 군스와 까스뜨로의 환자들은 전보다 더 격분
해서 즉각 자신들을 남자와 구별지었던 것들을 다시 낱낱이
생각해냈다. 그리고 무엇보다 그를 자신들과 결합시켜줄 병

의 존재를 받아들이지 않는 데서 남자의 참을 수 없는 옹고
집을 새삼 절감했다.

그들은 그가 자신들 틈에서 살면서 구체화했던, 용서할
수 없는 막연한 모욕에 이름을 붙일 수 없었다. 그들은 테라
스에서 휴식을 취하거나 냇가의 공원을 산책할 때 눈에 보
이는 포르투갈 처녀들의 작은 집에 분노를 집중했다. 그리
고 밤이 길어져 두번째 도보여행을 제대로 보지 못하게 될
때까지, 그들은 도시락통을 들고 옆구리에 신문을 낀 채 그
가 수치심 때문에 칩거한다고 추측되는 적백색의 작은 집까
지 올라가는 호텔 종업원의 긴 도보여행을 통해 증오가 새
로워지는 것을 보면서, 하루에 두 번, 자신들의 증오가 지속
되고 있음을 기뻐할 수 있었다. 그들은 종업원이 관리인에
게 전달하는 술병 주문을 감시했고, 도발적이고 모욕적으로
세상에서 벗어나 산 위쪽에 칩거하고 있는 남자와 소녀의
삶의 장면들을 상상하면서 소일했다.

간호사는 공공연한 스캔들과 치욕에 대해 이야기하고 있었다. 어둑해질 무렵 나는 등불을 켰고, 길을 건너가 로얄 호텔 지배인과 술을 한잔 기울이며 죽음과 치료, 그리고 요금에 대해 담소를 나눌 생각으로 소년 레비에게 가게를 봐달라고 맡겼다. 나는 창백한 잿빛 추위 속으로, 산에서 내려오는 게 아니라 길가의 나무 꼭대기에서 생겨나 거기로부터 거의 성나고 들뜬 발걸음을 옮길 때마다 몇번이고 나를 공격하는 듯한 바람 속으로 나갔다. 나는 비행기 공장 너머에서 이어졌다 끊어졌다 하는 모터 소리를 들으며, 또 로얄의 지배인이 짐짓 걱정스러운 듯, 어린애 같은 기대로, 나에게 눈이 내려 도로가 차단되는 겨울을 예고할 것이라고 넘겨짚으며 고개를 숙이고 걷고 있었다. 그때 멀리 흙길 위에 원을 그리는 깜박거리는 불빛이 눈에 들어왔다. 나는 걸음을 멈추었다. 손전등의 노란 불빛이 내 얼굴을 비추었고 웃음소리가 들렸다. 도발하기 위해 일부러 꾸며낸 메마른 소리였다. 남자는 다시 불빛이 땅바닥을 향하게 했고 구름을 바라보며 손전등을 껐다.

"돌아갈 때를 대비해 가져왔습니다." 그가 말했다. "이걸 차고에서 찾았어요. 당신은 외출하던 길이었으니 우란 우연히 만났군요. 하지만 전 당신을 찾아가던 중이었습니다. 드릴 말씀이 있어서요. 전 거래를 위해 당신과 의논을 해야만 합니다."

그는 산자락에 걸린 마지막 빛의 띠를 등진 채 머리가 헝클어진 시커먼 모습으로 꼼짝 않고 우뚝 서 있었다. 바람이 그의 외투를 흔들었고, 그는 심한 기침소리와 분간이 안되는 쿨럭거리는 소리를 토해냈다. 그는 손전등 잡은 손을 들어올려 소리를 막았다.

"당신을 알아보지 못했습니다." 나는 그에게 손을 내밀어야 할지 말아야 할지 난감했지만, 빠르게 그가 한 이야기를 떠올리며 말했다. "가게로 갑시다. 어때요? 적어도 그곳엔 바람은 없잖아요."

그는 마치 무언가를 뭉개버릴 것처럼 땅을 꾹꾹 눌러밟으며 말없이 나를 따라왔다. '그가 말을 한 건 이번이 처음이야.' 나는 가게에 들어서며 생각했다. '전에는 고작 단음절어나 투덜대는 소리, 의례적인 말, 또는 외마디 말이 전부였어. 그는 취했지만 술 때문은 아니야. 그는 저돌적으로 몰아붙여 최대한 빨리 끝내고 싶다는 듯이 계속해서 말할 필요가 있는 거야.'

가게 안도 춥기는 마찬가지였고 바람도 약간 불었지만 나는 옷의 단추를 끄르고 손을 비비며 들어갔다. 몸을 돌려 그를 보고 싶은 마음이 없었다. 나는 카운터 뒤에서 눈까지 모자를 푹 눌러쓴 채 입을 헤벌리고 넋이 나간 레비 소년의 어깨를 쳤다. 우리 둘만 남았고 나는 베르무트로 잔 두 개를 채웠다. 그는 격자 창틀에서 손을 떼고는 두 팔을 몸에서 떨어뜨린 채 싱글거리며 니켈 도금된 기다란 손전등을 앞뒤로 흔들며 내게로 다가왔다. 그는 기침을 가라앉히려 몸을 굽힌 채 눈물이 고이고 벌겋게 달아오른 얼굴로 다시 웃었다.

"미안합니다." 그가 나지막이 중얼거렸다. "괜찮으시다면, 전 럼이 좋겠어요."

나는 그가 주문한 럼을 내주었고, 여전히 그에게 눈길을 주지 않은 채 마시기 전에 "건배"라고 말했다. 나는 아주 큼직한 단추와 새것이나 다름없는 벨벳칼라가 달린 지나치게 헐렁하고 낡은 검정색 외투를 살펴보기 시작했다.

"외출하시던 중이었는데." 그가 말했다. "모쪼록 저 때문에…… 잠깐이면 됩니다." 그는 말을 멈추고는 심각하고 당혹스러운 표정으로 뭔가를 캐듯이 주위를 둘러보았다. 그는 한결 차분해진 얼굴로 다시 고개를 돌리더니 잔을 들어 비웠다. 그는 나를 물끄러미 쳐다보았다. 딱히 나를 쳐다볼 생각은 아닌 듯했고, 입꼬리는 위로 올라가 고정되어 있었다. 그는 악취를 풍기는 구닥다리 검정색 외투 안에서 몸을 똑바로 유지하기 위해 손가락 끝을 카운터에 대고 있었다. 털이 더부룩한 손목뼈가 드러났고, 그는 고개를 숙인 채 번갈아 연민과 애정의 눈길로 손목뼈를 쳐다보았다. 손목뼈를 제쳐놓으면 그에게 남는 것은 광대뼈, 경직된 미소, 강렬하고 천진한 눈의 광채가 전부였다. 하나의 얼굴이 그처럼 단조로울 수 있다는 게 도무지 믿기지 않았다. 그래서 나는 그 얼굴에 넓은 황색 이마, 다크써클, 코 가장자리의 블루라인, 그리고 짙은 일자눈썹을 덧붙였다.

"한잔 더 주시겠어요." 그가 말했다. "아주 간단해요. 호텔에서 음식을 끊었어요. 다른 환자들은 대개 몇달밖에 견디지 못했지요. 하지만 전 너무 오래 버텼고, 그들이 기대하는 것처럼 품위를 완전히 잃지 않으면서 예정된 시간에 죽지 못했어요. 전 아직도 쿨럭거리며 여기에 멀쩡히 두 발로 서 있잖아요. 전 그런 사람입니다. 계획을 세우고는 그것을 믿어요. 심지어는 다짐까지 하죠. 그러고는 실행에 옮기지 않아요. 당신을 성가시게 하고 싶진 않습니다. 죄송해요. 그런데 정확히 오늘, 호텔 측의 인내심이 바닥을 드러냈어요. 정오에 종업원이 도시락통을 가져와서는 앞으로는 오지 못한다고 하더군요. 그는 발로 바닥을 문질러대며 무척 부끄러워했어요. 어쩌면 우리를 측은하게 여겼는지도 모르죠. 우린 그에게 돈을 지불했고 덤으로 팁까지 주었습니다. 그녀는 제 앞에서 우는 모습을 보이지 않으려고 슬그머니 베란다로 나갔어요. 물론 상황이 안 좋아요. 그녀는 저의 치료와 행복에 대한 책임을 떠맡았지요. 그녀는 모친에게 약간의 재산을 상속받았는데 문득 제 병을 치료하는 일에 그 돈을 써볼 생각을 갖게 되었던 거지요. 어쨌거나 우린 제가 죽는 순간까지 계속 먹어야 한다는 데 의견이 일치합니다. 그래서 당분간만 하루에 한두 차례씩 우리한테 음식을 가져다줄 수 있는지 여쭤보려고 당신을 찾아왔습니다. 제가 죽기로 마음먹어서 이러는 건 아닙니다. 하지만 우린 곧 떠나게 될지도 모르겠어요."

나는 그의 제안을 받아들였다. 그들에게 매일 두 끼의 식사를 조달할 방법을 알지 못했으니 거짓말을 한 셈이었다. 나는 왜 굳이 다른 호텔이나 숙소가 아닌 나에게 도움을 청하는지 의아했다. 그는 딱히 작별을 위한 인사말이 떠오르지 않는지 손전등 불빛으로 장난을 치며 카운터 바로 옆에 비스듬히 어색하게 있었다. 나는 술을 한잔씩 더 따르며 그가 자리를 비운 사이에 산 위쪽의 소녀가 좀더 눈물을 쏟을 거라고 생각했다.

산동네 노파 얘기로는 어느 일요일 성냥을 빌리려고 작은 집에 다가갔더니 창문이 열려 있었고 남자는 혼자 알몸으로 서서 옷장 거울에 비친 자신의 모습을 바라보고 있었다고 했다. 그는 약간 놀란 듯한 미소를 흘리며 팔을 움직이고 있었다. 상황을 재구성해보니, 남자가 막 침대에서 소녀와 뒹굴고 난 뒤에 지나다가 우연히 거울에 잡힌 것은 아닌 듯했다. 그는 해골 같은 자신의 모습을 확인하기 위해 옷장 앞에서 천천히 옷을 벗었다. 털의 얼룩은 틀에 박힌 몸의 일부일 뿐 의도적으로 비아냥거리는 것은 아니었다. 그는 과거에 자신의 몸뚱이가 어땠는지 집요하게 기억해냈고, 대퇴

골이 자신을 지탱할 수 있을지, 또 뼈 사이에 축 늘어져 있는 성기가 제구실을 할 수 있을지 미심쩍어했다. 거울 속의 그는 여위었을 뿐만 아니라 점점 더 여위어가고 있었다. 용기를 내서 거울 속에 자신을 비춰볼 때마다 그는 이러한 변화를 감지할 수 있었다.

그가 외투 주머니에서 한 손을 휘저었지만 나는 그가 손을 빼기 전에 말했다.

"별거 아닌걸요. 제가 내지요. 하루에 두 번 두 사람분의 식사로 얘기가 끝난 겁니다."

그는 손전등의 불빛으로 벽을 비추며 이제야 비로소 일이 성사되었다는 듯이 조심스레 만족스러운 미소를 지었다.

"고맙습니다. 우리한테 뭘 보내주셔도 좋습니다. 이제 편지는 더이상 오지 않을 거예요. 실은 그녀에게 편지를 쓰지 말라고 당부했거든요."

그는 나를 마주 보려고 몸을 움직였고 나에게 얼굴을 보이며 만면에 겸연쩍은 미소를 머금었다. 그는 늙고 생기없고 파괴된 채 비워져가고 있었다. 그러나 그럼에도 불구하고 첫 울혈에서 회복되었을 때 그는 청년시절 베개 위에서 꼿꼿이 세웠던 머리를 재현하며 과거 그 어느 때보다 더 젊어 보였다. 그는 미소를 인사말로 바꾸며 손을 내밀었다. 나는 그가 한때는 몸에 꼭 맞았을 펄렁거리는 외투를 거칠게 바람 속으로 들어놓으며 대담하고 늠름하게 가게문을 나가 손전등 불빛을 끌고 산 쪽으로 올라가는 것을 보았다.

2,3주 동안 그들을 다시 보지 못했다. 로얄 호텔에서 그들에게 음식을 가져갔고 이제 매일같이 심부름꾼—소년 레비—을 맞고 돈을 지불하는 사람은 바로 그였다.

소녀는 간호사의 뒷얘기 속에서 다시 등장했다. 그녀는 어느 해질녘 호텔에서 군스를 찾기 위해 산을 내려왔다. 그녀는 테라스에 자리를 잡고 앉아 웨이터들과 자신을 알아보는 투숙객들에게 말없이 미소를 보내며 그를 기다렸다. 간호사 말로는, 군스가 어깨를 으쓱하며 고개를 저었다고 했다. 이윽고 그는 테이블 쪽으로 머리를 기울이고 그녀와 귓속말을 나누었다. 소녀는 마치 그 자리에 혼자 있는 것처럼 의사의 어깨 너머로 먼 곳을 응시하고 있었다. 그녀는 그에게 고맙다고 말하고 나서 커피값을 치렀다. 군스는 호텔 입구까지 그녀를 배웅했고 바지 주머니에 양손을 찔러넣은 채 잠시 그녀가 산 위쪽으로 멀어져가는 모습을 지켜보았다. 첫 어스름 속을 걸어가는 그녀의 조끼가 바람에 부풀어올랐다.

웨이트리스—이미 그녀는 간호사와 결혼하지 않기로 했고 그와 마주치지 않을 만한 시간에 혼자 가게에 왔다—

말로는 어느날 밤 소녀가 군스를 깨우려고 내려왔는데 바에서 꾸벅꾸벅 졸며 잡담을 나누던 사람들에게 슬프기보다는 당황한 듯한 표정을 보였다. 결국 군스는 마지못해 소녀의 한쪽 팔을 붙잡고 산장까지 올라가기로 했다.

놀랍게도 나는 웨이트리스나 간호사가 그들이 떠난다는 소식을 알려줄 새도 없이 그들과 다시 마주쳤다. 그들은 아침 여섯시경에 각자 손에 가방을 든 채 추위 속에서 쓸쓸히 가게에 도착했다.

"다시 뵙네요." 남자가 몸을 똑바로 세우며 말했다.

그들은 창가에 앉아 커피를 주문했다. 졸린 듯한 그녀는 미소를 띤 채 잠시 눈으로 나를 좇았다. 그녀는 미소로 상황을 설명하고 마음의 평화를 얻으려 했다. 나는 그들의 잠을 못 자 퀭한 눈과 볼썽사납고 단호하게 굳은 얼굴을 바라보았다. 그들이 좀 전에 어떤 밤을 보냈는지 상상하기는 어렵지 않았다. 나는 아침의 흥분 속에서, 불면의 밤과 멋진 마지막 포옹의 순간들을 세세히 재구성하고 싶은 유혹을 느꼈다.

파란색 스키 모자를 쓰고 양털 코트로 몸을 감싼 소녀는 밖을 바라보며 눈을 깜박거렸다. 그녀는 호기심 가득한 어린애 같은 둥근 얼굴을 하고 있었다. 남자는 턱을 잡으려고 큼직한 손을 쫙 폈다. 그는 빈잔을 앞에 두고 쓸쓸하고 당혹스러운 표정을 지었고 그의 손목에서는 커다란 시계가 덜렁거렸다. 수증기가 유리창과 격자 뒤로 펼쳐진 아침을 흐리고 있었다. 햇빛은 간헐적으로 비쳤고 가게의 흙바닥 한복판에서는 마치 추위가 손에 만져질 듯했다.

"우린 요양소로 갑니다." 지폐를 공중에 대고 흔들었기 때문에 내가 돈을 받으려고 다가갔을 때 남자가 말했다. 소녀는 무슨 말인가를 하려고 코와 입에 주름을 지었지만 계속해서 격자로 둘러쳐진 아침을 바라보고 있었다. "어제 아이에게 말했어요. 어쨌든 이젠 끝났다고 알려드리고 싶었습니다. 그리고 감사하다는 말씀도 드리고 싶었고요."

나는 테이블에 몸을 기댄 채, 마치 내가 손수 만들기라도 한 것처럼 형편없는 음식에 대해 그에게 용서를 구하며 멋진 엉터리 극을 연출했다. 누군가가 방울 달린 소를 끌고 지나갔다. 시간으로 보아 미라베이였을 것이다. 그녀는 남자의 팔에 목을 기댄 채 새소리와 첫 모터 소리, 그리고 밤의 마지막 순간에 귀를 기울였다.

"군스 박사 말로는 확실하답니다." 남자가 굼뜨고 조심스러운 미소를 지으며 나에게 귓속말을 했다. 소녀가 잠이 들었다면 그녀를 깨우지도 못할 정도의 모기만 한 목소리였다. "병영 같은 요양소에서 3개월을 보내야 한다네요."

"군스는 아주 훌륭한 의사예요. 게다가 경험도 풍부하죠."

"풍부한 경험이라." 그가 재밌어하며 천천히 되뇌었다. 그는 정확히 내가 추위가 떼지어 있다고 느끼던 홀 중앙 쪽을 바라보았다. 이제 그는 한 손으로 얼굴을 가린 채, 손가락 끝으로 이마 위에 어지럽게 흐트러진 긴 머리카락을 매만졌다. "그러고 나서 다시 시작하는 거죠. 아시겠어요? 딱 3개월입니다. 어쩌면 6개월이 될지도 모르지만……"

내가 보기에 그는 목소리를 높이지 않았다. 하지만 그녀는 창문으로 젖은 구름을 바라보던 것을 멈추고 남자처럼 가게 바닥 한복판에 눈길을 주었다. 진짜 첫 손님이 쉰 목소리로 에둘러 인사말을 건네며 샌들 끌리는 처량한 소리와 함께 들어왔다. 콧수염을 길게 기르고 베레모에 검은 스카프를 두른 모습이었다. 소녀의 손이 남자의 가슴을 계속 더듬어 올라가더니 머리를 받치고 있던 그의 커다란 손가락들을 꼭 쥐었다.

검은 스카프를 두른 남자는 몸을 떨며 헛기침을 했고, 카운터 위에 지폐 한 장을 펴놓으며 진을 주문했다. 작은 술잔을 채우면서 나는 갓 색칠한 요양소 버스가 부드럽게 흔들리며 다가오는 것을 보았다. 차가 도착했다는 것을 알아챈 소녀와 남자는 다리가 저린 듯 힘겹게 몸을 일으켰다. 그들은 가게를 떠나면서 내게 인사를 하지 않았다. 남자는 트렁크 두 개를 들어날렀고, 소녀는 차에서 내려 글자가 새겨진 챙모자로 배를 누르고 있던 운전사와 농담을 하기 시작했다.

군스는 3개월이라고 거짓말을 했고 남자는 6개월로 받아들였다. 나는 산 위쪽 요양소의 한 방에 임시로 수용되어 하얀 철제침대에 꼼짝 않고 누워 있는 두 사람의 모습을 머리에 그려보았다. 그들은 코와 턱을 단호하게 회칠한 천장으로 향한 채 아직도 상황을 이해하지 못하겠다는 표정을 지어 보였으리라. 또 한가한 논평도 항의도 하지 않은 채, 다른 사람들이 실수를 인정하고 사소한 변명이나 시간을 부정하는 빈말과 함께, 다정하게 등을 톡톡 치며, 자신들을 다시 말다툼이 난무하고 죽음이 연기되는, 의지할 곳 없는 세상으로 되돌려 보내기로 결정할 시간을 기다리자고 언약했으리라. 나는 남자의 은밀한 욕망과 유혹, 소녀의 거부와 약속 그리고 냉혹한 분노, 그녀의 완강하고 남성적인 자세를 상상했다.

내가 레비 집안 막내아이의 도움을 받아 가게 청소와 재
고품 조사를 시작한 것은 그로부터 6개월 또는 3개월에서
단 며칠밖에 지나지 않았을 때였다. 그때 나는 다시 한번 편
지함 바닥, 검은색 등기우편 장부 밑에서 큼직한 청색 글씨
가 적힌 두 개의 편지봉투를 보았다. 여름에 그 편지들이 도
착했을 때 나는 남자에게 전해주고 싶은 마음이 없었다. 나
는 오래 생각하지 않았다. 편지를 호주머니에 챙겨넣었다가
그날 밤 블라인드를 내린 뒤에 혼자서 읽었다. 첫번째 편지
에는 별다른 내용이 없었다. 사랑과 이별, 그리고 과거의 말

과 행동에 부여했거나 거기에서 미루어 짐작한 의미에 대해 말하고 있었다. 그밖에 직관과 발견, 뜻밖의 일, 오랜 기다림에 대해 얘기하고 있었다. 두번째 편지는 달랐다. 한 중요한 단락에서 이렇게 말하고 있었다. "도대체 난 뭘 할 수 있죠? 결국 그녀는 당신의 혈육이고 당신의 건강을 되찾아주기 위해 아낌없이 돈을 다 써버리고 싶어한다는 걸 생각하면 더더욱 지금은 할 수 있는 게 없어요. 난 그녀가 침입자라고 자신있게 말하지 못하겠어요. 엄밀히 말해 당신들 두 사람 사이에 끼어든 건 바로 나잖아요. 게다가 내가 당신한테 준 건 쥐뿔도 없고 오히려 귀찮은 존재였다는 걸 뻔히 아는 마당에, 그녀가 침입자라는 당신 말을 어떻게 곧이곧대로 믿을 수 있겠어요?"

나는 부끄러움과 분노를 느꼈고 나의 살갗에는 한동안 수치심이 들끓었다. 나는 살갗 속에서 분노와 굴욕이 번지고 구겨진 알량한 자존심이 몸부림치는 것을 느꼈다. 나는 몇가지 할 일을 생각했다. 먼저 호텔로 올라가 모든 사람들에게 이 얘기를 들려주면서 산 위쪽 사람들을 조롱하려고 했다. 마치 나는 처음부터 그 사실을 알고 있었으며 다른 사람들의 착각을 공유하지 않고 나의 무의식적인 욕망으로 여자의 부당한 좌절과 고뇌에 일조하지 않기 위해서는 송년파티에서 소녀의 볼이나 눈을—심지어 그마저도 아니고 장갑, 가방, 그녀의 참을성, 그녀의 침착성을—바라보는 것으로 충분했다는 듯이. 또 호텔로 올라가 편지를 손에 쥐거나 호주머니에 넣은 채 이 얘기는 한마디도 하지 않고 그들 사이를 거닐 생각을 했다. 또 과일바구니를 들고 요양소로 그들을 찾아가 다정한 미소를 띤 채 침대 옆에 앉아 남자의 턱수염이 자라는 것을 지켜보고, 또 그녀가 내 면전에서 그를 조심스럽게 어루만질 때마다 남몰래 안도의 한숨을 쉴 생각을 하기도 했다.

그러나 나의 모든 흥분은 나보다 간호사에게 더 어울리는 터무니없는 것이었다. 내가 편지의 성격을 제대로 간파했다면, 본질적으로 소녀를 남자와 결부하는 연결고리는 중요하지 않았기 때문이다. 어떠한 경우에도 그녀는 여자였다. 또 한 사람의.

내가 실행에 옮긴 일이라고는 고작 편지를 불태우고 나서 잊으려고 애쓴 것이 전부였다. 그리고 마침내 나는 홀로 나 자신 앞에서, 간호사나 군스, 수위 그리고 안드라데가 내 말을 들을 가능성을 비웃으며, 남자의 얼굴을 들추었다 덮으며, 어깨를 으쓱하며, 포르투갈 처녀들의 작은 집 베란다와 살을 에는 듯한 차가운 밤 쪽으로 가기 위해 침대 위의 몸뚱이에서 물러가며, 또 대담한 연민과 고갈된 경멸로 남자에게 남은 것은 죽음뿐이며 그는 그것을 함께 나누길 원치 않았다고 나지막이 읊조리며 좌절에서 완전히 회복될 수 있었다.

"뭐라고요?" 못 믿겠다는 듯이 간호사가 흥분을 가라앉히며 정중하게 물었다.

나는 밖으로 나가 베란다 난간에 기댄 채, 추위에 몸을 떨며 호텔의 불빛을 바라보았다. 모든 것이 단순하고 예측 가능한 것이 되기 위해서는 이야기의 첫머리에 내가 최근에 발견한 사실을 앞세우는 것으로 충분했다. 남자와 소녀가, 또 덩치 큰 여자와 아이가 마치 내 의지에서 태어나 내가 결정한 대로 살아온 것처럼 나는 힘으로 충만한 기분이었다. 나는 웃음을 머금은 채 다시 한번 이런 생각을 하며 농구 챔피언의 마지막 탐욕을 용서하기로 했다. 공기에서 어떤 식물에서도 맡을 수 없는 차고 건조한 냄새가 났다.

나는 방으로 들어가 부드럽게 네 사람의 속삭임을 가로질러 갔다. 천천히 거닐며 작은 집을 살펴보았고, 도판과 테이블보, 커튼, 쿠션, 쿠션 덮개, 드라이플라워, 죽은 네 여자들이 만들다가 그곳에 남겨둔 모든 것, 그녀들이 기계적이고 얼빠진 잡담, 예감과 반란, 조언과 레씨피 사이에서 손으로 빚어낸 자질구레한 장신구들을 손가락 끝으로 가볍게 만져보았다. 나는 쓸모없는 시커먼 새 들보가 줄무늬를 이룬 지붕 아래서 제멋대로 손가락을 사용해 단말마의 고통을 헤아렸다. 나는 무례하게도 멍하니 넋을 놓고 세 자매의 처녀성과 그녀들의 친구로 뚱뚱하고 금발인 새파랗게 젊은 여자의 처녀성을 생각했다. 나는 뒤쪽 방에서 남자가 호텔 종업원을 시켜 가져오게 했던, 결코 펼쳐본 적이 없는 한무더기의 신문을 찾아냈다. 또 부엌에서는 가지런히 세워진 와인 병들을 찾아냈는데, 아홉 병은 마개도 따지 않은 상태였다.

나는 한걸음 한걸음 남자의 시신과 다른 사람들이 있는 방으로 되돌아갔다.

"그는 참을성이 없었어요, 부인." 군스가 여윈 여자에게 설명했고, 여자는 숄로 감싼 머리를 끄덕였다.

"맞아요." 안드라데가 알랑대며 애처롭게 말했다.

간호사는 어떤 절차를 밟아 시신을 옮길지에 대해 수위와 얘기를 나누고 있었다. 그는 내가 들어오는 것을 보고는 미소를 지으며 뭔가 묻고 싶어했다. 그러나 나는 죽은 남자의 구두와 눈에 확연히 들어오는 바지, 그리고 시트에 덮인, 형체를 가늠하기 어려운 시신 쪽으로 얼굴을 돌렸다.

"피를 조금밖에 안 흘렸어요, 부인." 간호사가 군스를 향해 질문하는 어조로 말했다.

"그에게 남아 있던 게 그것뿐이었죠." 의사가 하품을 하며 농담을 했다.

나는 남자가 왜 읽지도 않을 신문을 가져다달라고 했는지, 또 마개도 따지 않을 와인을 왜 구입했는지 그 이유를 알아낼 수 있다는 생각에, 또 그 이유를 꼭 알아내야겠다는 생각에 젖 먹던 힘을 다해 침대 쪽을 바라보았다.

"당신한테 증명서를 남기는 게 어떻겠소?" 군스가 물었다.

"좋으실 대로요, 의사선생님." 수위가 선선히 말했다. "하지만 잠시만 기다려주시면……"

바닥에 안성맞춤인 총신이 짧은 검정 리볼버가 놓여 있었다. 남자는 새하얀 셔츠와 손수건 틈에 몰래 숨겨온 리볼버를 뻔뻔스럽고 교묘하게도 호주머니나 허리춤에 감추고 다녔다. 남자는 자기가 감추는 것은 바로 자기 자신임을 알고 있었다. 그는 두 여자로부터, 그리고 토대를 상실한 자기 자신으로부터 물건처럼 감춰질 수 있었기 때문에 강하고 평온할 수 있었다.

수위와 군스는 경찰을 기다리기 위해 베란다로 나가고 없었다. 단지 느릿한 말소리만 들려왔고 두 사람의 입김이 모락모락 피어올랐다. 내 뒤에서 여윈 여자가 당혹스러움과 호기심, 그리고 두려움에 몸을 일으키며 묻기 시작했다.

"시신을 보지 못하셨나요?" 간호사가 즐거운 듯이 말했다. "평소와 똑같아요. 더 말랐을 수는 있겠죠. 한결 평온해 보여요." 그가 말을 멈추었다. 나는 그가 괴로워하며 나를 쳐다보고 있다는 것을 알고 있었다. 그는 내가 다시 듣지 못하도록 나지막이 이야기를 되풀이했다.

"그는 가망이 없었어요. 물론 그에게 그렇게 말한 적은 한번도 없지만요. 부인도 상황을 아시잖아요. 그들은 20일 전부터 요양소에 있었고 우린 주사를 놓아 그를 진정시켰어요. 아주 엄격한 치료요법이었습니다. 더 악화되지도 호전되지도 않았지요. 그는 언제나 만족해했고 언제나 신사였어요. 소녀가 그와 함께 있었습니다. 그를 보살폈는지는 모르겠어요, 부인. 그런데 오늘 아침 그녀가 눈을 떴을 때 환자는 방에 없었고 우리는 요양소 구석구석 그를 찾아다녔어요. 나중에야 우리는 그가 버스를 타고 내려갔다는 사실을 알게 되었습니다. 운전기사는 그런 상황에 익숙해요. 제대로 걷지 못하는 환자들이 문득 밖에 나가 한바퀴 돌고 싶다는 생각을 떠올리는 것 말이에요. 있을 수 없는 일이에요, 부인. 물론 요양소 안에서는 자유지요. 하지만 그는 돌아오지 않았고 운전기사는 그를 기다리다 지쳤어요. 안드라데가 여기서 전화를 할 때까지 우린 그곳에서 안절부절못하고 있었습니다."

"맞습니다, 부인." 안드라데가 확인했다. 이제 나는 몸을 덥히기 위해 상체를 앞뒤로 흔들며 즐거운 듯이 그들을 바라보고 있었다. "정오에 그가 들어가는 것을 보았다고들 했어요. 비록 그가 저에게 열쇠를 돌려줬고 전 사람들 말을 믿고 싶지도 않았지만요. 전 심지어 청소를 하러 오지도 않았는걸요. 그런데 해가 진 뒤에 불 켜진 창이 있기에 와서 노크를 했지요. 제가 문을 열고 들어선 순간을 상상해보세요. 아마도 현관열쇠는 부엌에 보관했던 모양입니다."

"아직 젊은 녀석이 쯧쯧, 불쌍한 것." 여자가 말했다. 그녀는 눈물을 쥐어짜려고 안간힘을 썼다.

간호사와 안드라데, 그리고 나는 어깨를 움츠렸고 곧이어 멈춰서는 자동차의 엔진소리가 들려왔다. 수위와 군스는 일부러 그러는 것처럼 한발 한발 내딛을 때마다 빛나는 차가운 침묵과 냉정한 밤의 단단함을 때리며 베란다 쪽에서 걸어왔다.

"경찰이에요." 간호사가 엄숙하게 알렸고 노파는 고개를 끄덕여 알았다는 시늉을 했다.

나는 몸을 떨며 쏘파에 편히 앉았다. 소녀가 방에 들어와서는 곧장 침대로 다가가 믿을 수 없을 만큼 천천히 시트를 들추었다가 덮는 나의 몸짓을 흉내냈을 때 나는 움직이고 싶지 않았다.

수위와 군스는 문간에 서 있었고 노파와 간호사는 벽에 바짝 붙어섰다. 또 안드라데는 손에 베레모를 들고 뒷걸음질쳤다. 나는 거의 숨을 죽인 채 구두와 바지 그리고 시트가 빚어내는, 화가 날 정도로 수평인, 부조화의 앙상블 위로 얼굴을 숙이고 있는 소녀를 쳐다보았다. 그녀는 눈물을 흘리지 않았다. 얼굴을 찡그린 채 미동도 않고 몇달 전 남자가 가게에 처음 들어왔을 때 내가 발견했던 것을 더디게 깨달아갔다—그녀가 가진 것은 그것뿐이었고 그것을 함께 나누길 원치 않았다—. 그녀는 숭고하고 영원한 불굴의 의지로, 어떤 예감도 없이, 이미 격렬한 미래의 밤을 준비하고 있었다.

소설 주인공으로서의 독자

볼프강 A. 루칭[**]

오네띠는 라틴아메리카에서 가장 위대한 작가의 한 사람으로, 이 대륙의 문학에서는 거의 전후 프랑스의 장 뽈 싸르트르에 견줄 수 있을 만큼 중요하다. 실제로 싸르트르의 『구토』(*La nausée*)와 오네띠의 『우물』(*El pozo*)은 둘 다 1938년경에 출간되었다.

오네띠는 많은 작품을 썼다. 그러나 이 글은 그의 작품을 리뷰하거나 그 중요성을 강조하기 위한 자리가 아니다. 오히려 지금부터 나는 그의 중편소설 『아디오스』(1954)에 대해서만 이야기하겠다. 출간된 그의 모든 작품 중에서 이 소설

---

[*] 『아디오스』의 예전 판본들에는 이 글이 언제나 프롤로그로 배치되어 있다—원서 편집자주

[**] Wolfgang A. Luchting, 1927~ 워싱턴주립대 교수를 지낸 라틴아메리카문학 연구자—옮긴이

은 독자를 요구하는 최근의 모든 경향을 거의 놀라운 방식으로 선취하고 있는 작품이다. 여기에서 독자란, 훌리오 꼬르따사르(Julio Cortázar, 환상적이고 실험적인 작품으로 유명한 아르헨띠나의 작가―옮긴이)의 용어를 빌리자면, '암컷-독자'(lector-hembra, 수동적으로 유희하는―옮긴이)가 아닌 '수컷-독자'(lector-macho, 작가와 함께 허구세계를 창조하는―옮긴이), 즉 '공범-독자'(lector-cómplice)를 말한다.

이러한 요구는 본질적으로 미국에서 '관객-참여'(audience-participation)라는 미학적 라벨로 알려진 것과 다르지 않다. 문학의 경계 내에서는 '독자-참여'(reader-participation)가 될 것이다. 이러한 요구를 역사적으로 살펴보면, 자연주의, 특히 독일 자연주의의 확장―더 정확히 말하자면, 강화―에 다름아니라고 말할 수 있다. 독일 자연주의는 현실 전체 혹은 적어도 그 일부―그러나 이 경우에도 총체적으로―, 즉 흥미진진하고 일상적인 '생활의 단면'을 면밀하게 포착하고자 한다(독일에서는 이를 순간문체Sekundenstil라고 부른다). 이러한 의도는 맥스웰 앤더슨(Maxwell Anderson, 역사극을 많이 쓴 미국의 극작가―옮긴이)―또는 그의 연출―이 초기작에서 시도했던 것이나 유진 오닐이 성취하려고 노력했던 것과 일맥상통한다. 가령 앤더슨의 『윈터쎗』(Winterset,

1935)에서처럼 오늘날 배우들은 무대에서 뛰쳐나가 객석으로 뛰어들어야 할 테고, 또 물론 그들에게 함께 무대로 올라가 '일몰'을 거들어달라고 부탁할 것이라는 차이는 있다. 이것은 매우 중요하다. 오늘날 「디오니소스 69」(Dionysus in '69) 같은 작품들을 낳거나 리빙 시어터(Living Theatre, 뉴욕을 주무대로 1947년에 창설된 미국의 실험극단—옮긴이) 등의 그룹이 권장하고 실행한 '집단-접촉'(group-gropes)으로 이끄는 것은 바로 이러한 차이다. 그 차이는 스타일에서 비롯한다. 브레히트와 그의 낯설게 하기(Verfremdung)? 편히 잠드시라!

관객—독자—을 픽션의 창작과정에 포함시키려는 시도는 매우 폭넓게 이루어진다. 이미 언급한 훌리오 꼬르따사르 외에도, 마리오 바르가스 요사(자신의 소설 독자가 가령 『녹색의 집』에서 녹색의 집과 이 집에 관련된 인물들에게 일어났을 법한 일의 진실을 메워주기를 바랄 때), 윌리엄 버로우즈(그가 '한데 뒤섞인' 자신의 씨퀀스를 독자에게 끼워맞추도록 요구할 때), 그리고 영국 작가 B. S. 존슨이 그것을 시도했다. 존슨의 소설 『불행한 사람들』(The Unfortunates)에 대해 스탠리 레이놀즈(Stanley Reynolds)는 『뉴 스테이츠먼』(New Statesman) 1969년 2월 21일자에서 이렇게 말했

다. "상자에 포장된 [그의] 신작소설은 장(章)들이 흐트러져
있고 당신은 그것들을 뒤섞어 이야기를 얻을 수 있을 것이
다."(264면) 오네띠 자신도 『조선소』(독자에게 소설의 두 가
지 결말을 제시할 때)와 『짧은 생애』(이 소설에서 우리는 내
가 독서하는 동안 인물들이 작가를 창조하고 있다는 강한
인상을 주는 씨퀀스에 다다른다)에서 같은 시도를 한다. 어
떤 행위를 묘사할 때 이인칭 단수나 복수를 사용하는—마
치 독자가 행위자라도 되는 것처럼—작가들 역시 마찬가지
다. 독일 작가 페터 쇼체비츠(Peter Chotjewitz)는 독자가 자
신의 소설 『곰의 눈으로부터』(*Auf dem Bärenauge*)의 몇몇
장을 쓰도록 요구할 때 불합리하게도 이러한 시도를 행한
다. 이밖에도 예는 많다.

심지어는 가장 존경받는 문학지인 『타임즈 문예부록』
(*Times Literary Supplement*)도 이러한 시도에 대해 숙고한
바 있다. 1968년 1월 18일자 머리기사에서 꼬르따사르의
『팔방놀이』(*Rayuela*)를 언급하면서 그런 유형의 소설의 독
자가 갖게 될 도덕적 책임에 대해 고찰한다. 어떤 독자가 심
리적 기질로 인해 주인공들이 극히 부도덕한 인간들임을 드
러내는 속편을 선택한다고 해도 이상할 게 없기 때문이다. 또
틀림없이 다음번에는, 독자는 후레자식이며 소설의 인물들,

적어도 다른 속편의 인물들은 그렇지 않다는 것 또한 드러낼
것이다. 그렇다, 이것은 결정적으로 일종의 독자-참여일 것
이다. 더 나아가 '관객모독'(insulto al público)이 될 수도 있
을 것이다. 여담이지만 이 표현은 페터 한트케(Peter Handke)
라는 독일 작가의 연극작품 제목이다. 당연히 이 작품에서
관객은 공연장에 왔다는 이유로 모욕당한다.

이 모든 것은 대단히 새로워 보이지만, 실은 전혀 그렇지
않다. 그것이 언어적이든 연극적이든, 회화적이든 아니면
영화적이든, '픽션'이 존재한 이래 언제나 이러한 예술적 표
현의 '소비자'는 '그것들을 소비하기로' 정했다는 단순한 사
실로 인해 그 창작에 참여해왔기 때문이다. 실제로, 예술작
품의 '소비자'가 없다면 예술작품은 존재하지 않을 것이다.
일의 실상은, 단지, 오늘날 모든 예술에서 과거보다 소비자
의 '참여적' 요소가 더 강조되고 있다는 것이다.

한편, 절대적인 염세주의자인 오네띠(그는 단 한가지, 다
시 말해 젊은 시절의 낙원과 사랑만 믿는 것처럼 보인다)는
일련의 소설에서 이러한 모든 새로운 경향, 이러한 '참여'의
유행을 선취하고 있다. 그러나 다른 어떤 작품에서도 『아디
오스』에서처럼―이러한 현상에 주목하고 있는 사람에게

는—이러한 면모가 명시적이고 의도적이지 않다.

모두가 오네띠를 두려워한다. 적어도 그의 작품에 대한 빈약한 연구와 리뷰, 분석의 시도를 읽으면서 내가 받은 인상은 그렇다. 나 역시 왠지 '오네띠에게 빠져들까봐' 두렵다는 점을 인정한다. 그는 대단히 복잡하고, 대단히 난해하다. 그러나 『아디오스』에서는 이러한 두려움을 떨칠 수 있을 것으로 보인다. 우리를 끌어들이겠다는, 우리가 '후레자식'이라는 것을 까발리겠다는 작가의 의도가 분명하기 때문이다. 그리고 우리를 공모에 끌어들이기 위해 사용하는 수법은 순진하기 그지없다. 바로 존경받는 헨리 제임스가 즐겨 사용한 관점 기법이다.

『아디오스』는 아주 간단한 이야기를 들려준다. "한 남자가 폐결핵 환자들이 치료를 받는 곳인 산악도시에 도착한다. 그는 수동적으로, 그러나 단호하게 도시 전체를 감염시키는, 희망에 들뜬 요양소 생활에 동화되기를 거부한다. 그는 입을 굳게 다문 채 받아들이지 않는다. 그는 단지 정기적으로 도착하는 두 통의 편지(손으로 쓴 봉투와 활자가 닳아 빠진 타자기로 친 봉투)를 받기 위해 산다. 이 편지들은 그가 외부세계와 계속 소통을 유지하는 유일한 통로다. 어느 날 일련의 편지를 보냈던 장본인인 여자가 도착한다…… 또

다른 날엔 타자기로 친 편지들의 주인공이 도착한다. 확신에 차고 활발한, 강한 소녀다. 남자는 그녀를 위해 산장을 임대했다. 남자는 첫 여자와는 '산악도시'의 호텔에서 지낸다."*

모든 이야기는 "밖으로부터" 우리에게 이야기되며, "한 '증인'을 통해 독자에게 전달된다. 이 증인은 가게 주인으로, 한쪽 폐를 떼어낸 채 계속 산지(山地)에 살고 있는 과거의 폐결핵 환자다. 그는 자신의 도시 관측소(즉, 가게)에서 모든 환자의 변화를 기록"(같은 책 244면)하며, "[첫 순간부터] 남자가 병을 고치는 사람들 편에 속하지 않는다는 사실을 안다는 것을 으스댄다".(같은 곳) 편지―우리가 본 것처럼, 발신자가 다르기 때문에 두 가지 서로 다른 유형의―는 직접 남자에게 도착하지 않는다. 언제나 그는 일종의 우체국으로도 기능하는 가게에서 편지를 찾아야 한다.

증인은 우리에게 일기나 회고록, 혹은 심지어 편지글을 떠올려주는 어조로 언급한 '변화'를 이야기한다. 그는 자신의 관심사와 이에 대한 견해만을 이야기할 뿐이다. 예컨대, "남자가 맨 처음 가게에 들어왔을 때, 차라리 그의 두 손만

* E. 로드리게스 모네갈, 『20세기 중반의 우루과이 문학』(*Literatura uruguaya del medio siglo*), 몬떼비데오 1966, 243면.

보았더라면 좋았을 것을” “그뒤로 남자가 호텔에서 버스를 타고 와서는 가게 앞에서 도시까지 가는 다른 버스를 기다리는 모습이 보이기 시작했다”, 또는 “그렇다고 [남자가] 자신이 치료될 수 없다고 생각한다는 것은 아니고 치료되는 것의 가치와 중요성을 믿지 않는다는 얘기다” 등이 그렇다.

이러한 서술기법을 통해 오네띠는 이미 우리의 마음을 ‘사로잡았다’. 왜냐하면 부지불식중에 우리는 가게 주인의 관점과 우리 자신을 동일시하기 때문이다. 말하자면 ‘상대적으로 객관적’이라고 부르고 싶은 사건들—그는 단지 손만을 보았고, 그뒤에 남자가 버스를 기다리는 모습을 보았다—과는 별도로, 이 사건들과 관련해 그가 우리에게 남자의 심리상태에 대한 자신의 생각—“[남자는] 치료되는 것의 가치와 중요성을 믿지 않는다”(필자 강조)—을 덧붙여 제공할 때 특히 그렇다.

우리에겐 동시에 남자에 관한 정보이기도 한(우리는 가게 주인의 기억—혹은 그 비슷한 것—을 통과하지 않은 단 하나의 정보도 받지 못한다) 두 부류의 관찰, 즉 ‘상대적으로 객관적인’ 관찰과 심리적 관찰은 우리가 내레이터-증인에게 갈수록 더 많은 권위를 부여하는 한 원인이 된다. 왜냐하면 그가 우리에게 들려주는 것은 우리의 생활경험의 좌표

내에서 지극히 있을 법한 이야기로 간주되기 때문이다. 이러한 이유로 우리는 가게 주인과 그가 우리에게 이야기하는 것의 진실성(혹은 적어도 충분한 개연성)을 갈수록 더 신뢰하게 된다.

여기서 잠시 본론에서 벗어나 우리 독자들이 첫 순간부터 얼마나 비평력을 잃어가고 있었는지를 보여주기 위해 별로 중요하진 않지만 전형적인 하나의 사실에 대해 살펴보자. E. 로드리게스 모네갈의 줄거리 요약에서도, 또 여기까지의 나 자신의 글에서도 증인이 남자인 것처럼 이야기했다. 그런데 그 증인이 여자일 가능성도 있다면—적어도 어느정도는—입이 벌어질 것이다. 가게를 소유한 사람이 여자일 수 없다고 규정하는 어떤 자연법이나 개연성의 법칙은 없다. 현실과 환상의 또다른 유희자인 보르헤스가 말하듯이, "그렇지만, 그렇지만(And yet, and yet)".* 소설의 첫 다섯 페이지를 읽고 나면, 몇몇 어형변화 형태가 우리가 처음에 한 가정이 옳다는 것을 확인시켜준다. 나는 학생들과 이 책을 아는 다른 사람들에게 증인의 성(性)에 대해 질문을 던져보았는데, 그때마다 증인이 남자가 아닐 수도 있다는 것

---

* 이 말의 출처는 『또다른 탐문』(Otras inquisiciones, 1952)에 수록된 「시간에 대한 새로운 반론」(Nueva refutación del tiempo)이다—옮긴이.

에 당혹해하고 믿지 못하는 것을 관찰할 수 있었다. 그러나 그 어떤 경우에도 그들은 자신들의 처음 가정이 옳다는 것을 입증하지 못했다.

내가 막 언급한 것 같은 세부사항들은 '트릭', 심지어는 함정으로까지 분류할 수 있다. 실제로 오네띠는 여러 차례 '사기꾼'이라는 질타를 받은 바 있다. 로드리게스 모네갈은 오네띠 소설의 독자는 "오네띠의 트릭에 대해 [이야기한다]"(246면)고 말한다. 게다가 나는 틀림없이 그가 의도적으로 그러한 세부사항을 사용한다고—특히 막 언급한 '트릭'을 사용했다고—믿는다. 이런 '트릭들'은, 특히 우리의 경우에, 그가 증명할 수 있는 것과 개연성 있는 것, 그리고 개연성 없는 것을 구별할 수 있는 우리의 능력을 '잠재우는' 데 도움이 된다. 아주 솔직히 말하자면, 이것을 성취하는 또다른 수단은 종종 매우 불분명한(불가해하다고까지 말할 수는 없겠지만) 오네띠의 문체다.

실제로, 오네띠는 '우리를 잠재우겠다'는 자신의 목표를 달성할 것이라고 굳게 확신하는 것처럼 보인다. 심지어는 바로 그 서술의 구성요소들을 다루는 데 있어 개연성을 소홀히—아니면 단지 소홀한 것처럼 보이는 걸까?—하기까지 한다. 이 글의 말미에서 그러한 '부주의'의 예들을 보게 될 것이다.

이제 여자-남자-소녀의 삼각관계에 대한 그의 추측을 살펴보자. 두 명의 인물, 즉 한 간호사—혹은 결과적으로 이 인물을 '특정한' 주체, 말하자면 예컨대 믿을 수 있는 주체로 만들기 위해 오네띠가 고집스럽게 쓰고 있듯이, '그' 간호사—와, 남자가 한두 번 여자와 함께 체류하는 호텔의 '그' 웨이트리스가 이러한 추측을 하도록 가게 주인을 돕는다. 이 세 인물이 관찰하는 것은 앞서 언급한 삼각관계에 대한 우리의 간접적인 정보의 폭을 나타낸다.

다시 한번—이제 부차적인 이 두 인물을 이용하여—오네띠는 우리를 미혹하여 잠재운다. 그래서 간호사와 레이나라는 이름의 웨이트리스가 등장하는 매 장면은, 간호사가 혼자 나타나든 웨이트리스가 혼자 오든, 아니면 둘이 함께 가게를 방문하든 우리에게 다음의 것들을 가져다준다. 1)사실에 근거한 새로운 정보. 2)남자와 두 여자에 대한 새로운 추측. 정보나 추측이 제시되는 방식은 우리로 하여금 그것들을 논리적인 것으로 받아들이도록 이끈다. 가령 1)웨이트리스는 "텅 빈 식당에서 여자와 아파 보이는 어린 아들을 바라보고 있었지요"라고 우리에게 정보를 제공한다. 2)웨이트리스는 다시 한번 "그녀는 머뭇거리고 있었어요. 그녀조차 아이를 보며 수치스러워했지요"라고 상상하며 말한다.

물론 줄곧 우리가 알아채지 못하고 있었던 것은 사실에 근거한 이러한 정보(정확성이 아주 높을 수 있는)와 추측 들조차 우리가 가게 주인, 다시 말해 제임스적이라고 할 수 있을 증인을 통해 받아들인다는 점이다. 물론 가게 주인은 이러한 정보와 추측 들을 자신의 목적에 맞게 조정했을 수도 있고, 잘못 기억할 수도 있으며, 또 심지어는 꾸며냈을 가능성도 있다.

소설이 진행되어감에 따라 세 명의 정보 제공자에 사실상 모든 환자가, 그리고 마침내 거의 도시 전체가 추가된다. 그들은 두 여자와 남자의 삼각관계에 대해 일종의 공공연한 심리적(혹은 '정신적') 압박을 가한다. 이유가 뭘까?

이유는 매우 단순하다. 두 여자가 누구인지, 그녀들이 남자와 무슨 관계─혹은 '관계들'?─인지 아무도 모르기 때문이다. 그리고 남자는 단 한순간도, 심지어는 소설의 결말에 앞서 잠시 포용적인 태도를 보이는 동안에도 말을 하지 않는다. 그렇다면 이 모든 구경꾼에게 추측 외에 무엇이 남겠는가? 그들은 두 여자가 있건 없건, 하지만 물론, 무엇보다 그녀들이 있을 때, 매일매일 자신들이 보는 것을 어떻게 해석할 수 있을까?

여자는 두 차례 남자를 찾아가는데, 두번째 방문 때는 '아이'를 데려간다. 소녀 역시 두 번 가는데, 두번째 방문에서, 뜻하지 않게, 여자 및 아이와 맞닥뜨린다. 남자는 여자에게—그리고 그의 말을 듣고 동네방네 퍼뜨리는 웨이트리스에게—"내가 여기 호텔로 오라고 한 게 아니야"라고 해명한다. 소녀가 처음 찾아갔을 때, 남자는 자신이 임대한 산장에 함께 칩거한다. 간호사는 "그럼 결국 산장은 이 소녀를 위해 빌린 거로군요. 그런데 여자가 너무 어려 보이지 않아요?"라고 논평한다. 왜 '너무 어린' 걸까? 그리고 무엇을 하기에 '너무 어린' 걸까? 웨이트리스는 아이와 함께 왔던 다른 여자가 그녀에게 질문을 던지는 어느 순간에 우리에게 그녀에 대한 정보를 제공한다. "'제가 나쁜 여자로 보이나요?' 나는 그녀에게 이렇게 말했어요. '제발 그런 말 마세요, 부인. 당신은 절대 나쁜 여자가 아니에요.'"

웨이트리스는 왜 이런 코멘트(그녀 자신에 의해 가게 주인과 관련된)를 했을까, 왜 나쁘지 않은 여자와 나쁜 소녀 사이의 이런 구별을 했을까?

이미 짐작한 대로(단지 내가 '삼각관계'라는 용어를 사용했기 때문이라고 해도), 이 코멘트는 증인과 그밖의 관찰자들이 자신들이 보는 것, 그리고 게다가 아마도 그들이 보지

못하는 것을 근거로 우리와 더불어 다음과 같이 가정한다는
데 그 원인이 있다. 1)여자는 한때 유명한 농구선수였던 남
자의 부인이다. 2)아이는 그의 자식이다. 3)소녀는 그의 연
인이다. 그러나 여기에서 끝나지 않는다. 이 '산악도시'의
사람들은 그밖의 다른 많은 것들, 더욱 나쁜 것들, 또는 로드
리게스 모네갈이 '외설적'이라고 칭하는 것들을 상상한다.
"…… 구경꾼들의 외설스러움은 그들이 보는 모든 것을 감
염시킨다. 그들은 위선적으로 소녀가 너무 어리다고 한탄하
지만, (상상 속에서는) 끊임없이 가상의 관능적 가치로 그녀
를 평가한다."(244면) 사람들, 특히 가게 주인이 남자와 여자
사이에서, 그리고 남자와 소녀 사이에서 무슨 일이 일어나
고 있다고 상상하는지 몇가지 예를 들어보자. "나는 (…) 불
면의 밤과 멋진 마지막 포옹의 순간들을 세세히 재구성하고
싶은 유혹을 느꼈다" "그는 아마도 자신이 색욕을 통해 되찾
은 행복감을 그녀에게 옮기는 것이 가능하리라고 생각하며
여자를 소유하려고 했을 것이다" "나는 남자의 은밀한 욕망
과 유혹, 소녀의 거부와 약속 그리고 냉혹한 분노, 그녀의 완
강하고 남성적인 자세를 상상했다." 여럿 가운데서 선정한
이 세 가지 예는 가게 주인의 추측들이다. 여담이지만(앞으
로 보겠지만, 오네띠의 이 작품의 성패에 대한 판단을 내리

는 데 중요함에도 불구하고), 그는 심지어 다른 관찰자들이 얻은 것보다 자신이 더 세련되고 섬세한 이미지를 가졌다고 으스대기까지 한다. 왜냐하면 그는 어느 순간에 "이 두 사람[간호사와 웨이트리스]이 상상할 수 있는 대로, 논란 많은 이야기를 위한 결말"을 언급하기 때문이다. 다시 말해, 가게 주인은 한층 더 발전된 상상력에 대해 자부한다. 그러나 이러한 우쭐거림과 그 정당화는 그 연구가 이 글에서 설정한 해석의 한계를 넘어서는 소설의 차원에 속한다. 여기서는 이와 관련해 단지 그 차원이 무엇인가에 대한 하나의 암시를 제공하는 것으로 충분할 것이다. 소설 전체, 특히 소설의 주인공-증인은 내레이터나 소설가의 일, 한마디로 작가로서의 오네띠의 일에 대한 메타포에 다름아니다.

이제 질문이 생겨난다. 앞서 지적한 대로 여자와 소녀가 뜻하지 않게 만났을 때 무슨 일이 일어날까? 상대방의 존재를 알아챘을 때 두 사람은 각자 어떻게 반응할까? 이 장면은 호텔 식당에서 일어난다. 안타깝게도—'구경꾼'들과 우리에게—전혀 아무 일도 일어나지 않는다. 정반대로 두 여자는 사이가 매우 원만하다. 실제로, 오네띠는 그가 우리에게 제공하는 정보를 아주 섬세하게 대조한다—작가는 항상 가게 주인의 기억(혹은 그 비슷한 것)을 통해 정보를 여과해 제공하며, 가게 주인은 그 나름대로 이 경우 오직 웨이트리스 레이나가 제공하는 정보만을 기술한다는 사실을 잊어서는 안된다―. 오네띠는 이 정보와 증인 들이 그 위에 세 인물의 행동(웨이트리스가 전하는), 즉 사실에 근거한 행동과 내가 상대적으로 객관적이라고 부른 행동을 가지고 엮어내는 해석들을 대조한다. 예컨대, "[여자는] 다시 한번 소녀를 증오하고 있었다 (…) 평생 그녀를 증오해왔다는 갑작스러운 확신의 도움을 받아." 이런 대목이 있는가 하면, 다른 한편으론 이런 예도 있다. "[소녀는] 여자와 악수를 했고 그들과 함께 식사를 했다. 그들이 웃고 와인을 주문하는 소리가 들렸다 (…) 이제 이마 위로 흘러내린 아이의 머리카락을 쓰다듬기 위해 규칙적으로 한 손을 움직이는 것은 소녀였다."

사람들은 두 여자가 더없이 교양있는 사람들이라고 말할 것이다. 아니면 어쨌든 남자가 불치의 환자라는 사실을 들면서 그녀들을 용서하고 싶어할 것이다. 두 여자가 서로 다투지 않는 것도 어쩌면 이런 이유 때문일 것이다. 소설의 증인들은 바로 우리처럼 똑같은 결론(그리고 또한 다른 결론들)에 도달한다. 웨이트리스는 "그들은 절친한 친구들처럼, 사실과 달리 네 사람이 마치 단란한 가족인 것처럼 테라스에서 다정하게 식사를 했어요"라고 말한다. 또 간호사는 "여

자들 사이에 일종의 타협이” 있었다는 건 “부인할 수 없어
요”라고 말하면서 집단적인 결론을 나타낸다.

이보다 앞선 숱한 결론과 마찬가지로, 전적으로는 아니
더라도 결정적으로 있을 법한 결론이다. 이 결론에 도달하
는 사람들, 각자 나름의 방식으로 세 명의 부정(不貞)한 사람
들에 대해 추측해온 사람들은 주된 중인인 가게 주인을 비
롯해 간호사와 웨이트리스, 그리고 나머지 모든 ‘구경꾼들’
이다.

게다가 역시 이러한 추측들에 참여했고 마찬가지로 앞서
언급한 사람들과 같은 결론에 도달한 아주 폭넓은 추가 그
룹이 있다.

마침내 ‘삼각관계’에 대한 진실이 드러났을 때, 우리는 로
드리게스 모네갈의 비난, 즉 “그(우리)는 그(우리)가 보는 모
든 것을 전염시킨다”는 비난에서 결코 더 떳떳하지 못하다.
또 우리는 “두 여자, 언덕의 산장, 그리고 빠르게 남자를 고
갈시켜가는 부류의 술파티를…… 설명하기 위한 논리”(244
면)를 갖는—혹은 적어도 다른 ‘구경꾼들’의 손에서 그런 논
리를 받아들이는—‘외설스러움’에 덜 연루되어 있지도 않다.

마침내 ‘관찰된’ 세 주인공을 하나로 묶는 고리에 대한 진

실이 밝혀질 때, 실은 우리 자신은 이미 줄곧 이 소설의 주인공들 사이에 위치하고 있었다. 그리고 아마도 우리는 가게 주인과 똑같이 느낄 것이다. "나는 부끄러움과 분노를 느꼈고 나의 살갗에는 한동안 수치심이 들끓었다. 나는 살갗 속에서 분노와 굴욕이 번지고 구겨진 알량한 자존심이 몸부림치는 것을 느꼈다."

결과적으로 오네띠는 이 소설로 능수능란하게 우리를 다소 수치스럽고 굴욕적인 행위의 '공모자'로 만드는 데 성공했다.

그렇다면, 진실은 무엇인가? 진실은 이렇다. 소녀가 처음 도착했을 때, 가게 주인은 남자가 늘 받곤 하던 편지들 중 필체가 서로 다른 두 통을 건네주지 않고 보관했다. 나중에 그는 그 편지의 존재를 잊어버렸다. 마침내 그 편지들을 다시 발견했을 때, 그는 여자가 쓴 편지에서 소녀가 농구선수의 딸이라는 사실을 알아낸다. 여기서는 동떨어진 내용이므로 나머지 세부사항과 결말의 정황은 생략하겠다. 단지 헐거운 이야기의 끈을 하나 더 묶고 싶을 뿐이다. 그렇다면 여자가 '그 딸'을 알지 못하는 일이 어떻게 가능할까? 더군다나 어떻게 그녀를 증오하기까지 할 수 있을까?

다시 한번, 질문 자체는 오네띠가 얼마나 우리를 속일 줄

알았는지를 보여준다. 소설 속에서 단 한번도 '그' 여자가 '그의' 여자, 즉 농구선수의 여자라는 말이 나오지 않기 때문이다. 그녀를 '그' 부인 또는 '그의' 부인으로 지칭하지 않는 건 말할 것도 없다. 그녀가 단지 그의 동거인이었을 가능성은 농후하다. 또 실제로 그의 정부일 수도 있다. 그렇다면 딸은 농구선수와 다른 여자 사이에 있었던 과거의 로맨스의 산물이 되는 셈이다.

이런 질문을 던질 수 있다. 어떻게 우리는 오네띠의 함정—여담이지만, 이 함정은 동시에 우리에게 오네띠의 세계관에 대한 정확한 개념을 제공한다—에 빠지는 것을 피할 수 있었을까? 그를 신뢰해서는 안된다는 것을 우리는 어떻게 알 수 있었을까? 우리에게 귀띔해주고 도움을 줄 수 있는 어떤 종류의 암시도 존재하지 않는가? 물론 존재한다. 그것도 차고 넘치게 많다. 물론, 무엇보다 중요한 것은 관점의 사용, 즉 오네띠가 가게 주인의 의식을 통해 우리에게 이야기를 전달했다는 사실이다. "상상했다" "재구성했다" "있음직하다". 결국, 내가 앞에 제시한 인용들에조차 우리가 앉아서 오네띠의 '속임수'에 당하지 않을 만큼 이미 충분한 암시가 되어 있음을 납득하기 위해서는 이 인용들을 대충 훑어보는 것으로도 충분하다.

내가 오네띠의 '부주의'라고 부른 것, 다시 말해 이미 자신의 목표(우리가 얼마나 타락했는지, 우리가 얼마나 많은 편견에 사로잡혀 있는지, 또 그에게 독자를 '조롱하는' 것은 얼마나 식은죽먹기인지를 우리에게 보여주겠다는)를 위해 우리를 옴짝달싹 못하게 몰아세웠다는 그의 우쭐한 확신에서 비롯한 부주의를 지금 지적하지 않는다면 부당할 것이다. 여럿 가운데서 내가 말하는 부주의의 예를 들어보면 이렇다. 1)딸의 태생(딸이면서도 왜 "[남자의] 건강을 되찾아주기 위해 아낌없이 돈을 다 써버리고 싶어하는" 걸까?) 2)이야기 전체는, 불가피하게, 두 여자의 정체를 드러낼 수 있는 정보를 남자가 누구에게도 흘리지 않는다는 사실을 둘러싸고 전개된다. 이는 폐결핵 환자 요양소의 분위기 내에서 전혀 개연성이 없어 보인다. 3)가게 주인의 상상력이 지닌 극도로 섬세한 자질과 일관성. 그의 추측, 특히 심리적 추측—내가 이 글에서 빠뜨린 소설의 차원에 속하는—은 거의 교활하다고 할 만큼 세련되었고, 또 의심의 여지 없이 우리가 '산악도시'의 가게 주인에게 기대할 수 있는 평균적인 능력을 초월할 정도로 복잡하다. 4)웨이트리스가 여자에게 "당신은 절대 나쁜 여자가 아니에요"라고 말할 때, 왜 여자는 반응을 보이지 않을까? 단지 그 순간뿐이었을지언정 그녀는 웨이트리스가 소녀에 대해 생각하고 있으며 다른 '구경꾼들'도 모두 그녀와 마찬가지라는 것을 알아채고 있다고 가정해야 것이 정당할 것이다. 아직도 더 많은 부주의의 예—이것들에 주의해야 한다—를 들 수 있겠지만, 내가 지금 막 언급한 것들로 충분하다고 생각한다. 게다가 어떤 부주의도 오네띠가 우리를 일종의 '도덕적 범죄'의 죄인으로 고발했다는 사실을 축소하지 않는다.

결론을 내리기 위해 이제 이 글의 서두에서 언급한 문학지로 돌아가고 싶다. 『타임즈 문예부록』은 한 머리기사에서 이렇게 썼다. "작가들은 독자들에게 적당한 구실을 제공하면서 그들의 허영심을 부추기거나, 혹은 그들을 그릇된 길로 인도하면서 그 호기심을 고갈시킬 수 있을 것이다. 또 독자들은 작가들의 호감과 반감을 용서하거나 그것들을 의식적으로 조롱할 수 있고, 또 심지어 대담하게도 스스로를 축하할 수도 있을 것이다." 그렇다면 이 모든 것이 주는 '교훈' (moraleja)은? 다시 말해, 오히려 하나의 '윤리'(moral)이다. "미래에는 부득이하게 우리 자신이 행한 윤리적 선택의 상징적 실천을 행해야만 할지도 모른다. 이렇게 되면 독서는 좀더 삶에 가까이 다가갈 것이다." 맞는 말이다. 그때 우리는 마침내 새로운 작가들, 특히 라틴아메리카 작가들이 그토록 요구하고, 갈망하고, 선언한 '총체소설'(novela total)에 도달해 있을 것이다. 이는 총체적인 '독자―참여'를 의미할 것이다. 『아디오스』에서처럼 독자는 소설의 한 인물, 아니 더 나아가 어쩌면 가장 중요한 인물일지도 모르기 때문이다.

하지만 우리 독자들은 그럴 준비가 되어 있나? 로드리게 스 모네갈은 논평한다. "내레이터의 증언을 받아들여온 독 자, 그것을 받아들이지 않을 수 없었던 독자, 그리고 험담과 기쁨의 대리참여자로서의 독자는 진짜 이야기가 그에게 제 안하는 해결책에 따를 수 없다" "최악이 아닌 많은 독자가 여기에서 자신들의 판단을 멈추고 오네띠의 트릭에 대해 말 하는 것을 설명해주는 것은 바로 이러한 기본적인(그리고 불가피한) 저항이다. 틀림없다. 소설은 '트릭'이다."(246면)

동의한다. 그러나, 내가 보기에, 소설은 이 비평가가 말 하는 의미에서의 '트릭'이 아니다. 그는 사소한 세부사항을 잊는다―혹은 적어도, 그것을 생각했음에도 단지 넌지시 말할 뿐이다. 그 세부사항은 이렇다―그것을 언급함으로써 나는 독자에게 소설을 되돌려주고, '나사의 회전'을 완성하 고, 내가 오네띠의 마지막이자 절정의 모호성으로 간주하는 것을 밝힐 것이다―. 소녀가 남자의 딸이 아니라면 어떻게 된 걸까? 단지 여자를 안심시키려고, 또 물론 두 여자와의 사랑을 유지하려고 그렇게 했더라도 남자가 여자를 속였다면? 소설에는 이러한 가능성(극히 오네띠적인 가능성이리라)을 고찰하게 해주는 구절이 하나 있다. 웨이트리스의 상상 속에서, 여자는 소녀를 처음 만났을 때 이렇게 생각한다. "그녀의 사진을 본 적도 전혀 없었고, 또 남자에게서 두려워하고 증오할 만한 대상으로서의 이미지를 구축하기에 충분한 형용사들을 끌어내기에 이른 적도 결코 없었다." 속이기 위해서는 아주 풍부한 세부사항을 동원하거나(작가가 '속이는' 경우), 아니면 단 하나의 세부사항('형용사')도 제공하지 않아야 한다는 매우 타당한 금언에 따르면, 현 상황에서는 남자가 두 번째 방식을 택했을 가능성이 높아 보인다. 왜냐하면 이런 식으로 발각될 위험을 감추기 때문이다.

그런데 이 모든 추측들은 확실한가? 모르겠다. 『아디오스』는 하나의 소설이다. 그리고 이제 나는 단도직입적으로 매혹적인 소설이요 아주 현대적인 소설이라고 말할 수 있다. 까를로스 푸엔떼스(Carlos Fuentes, 멕시코의 소설가이자 에쎄이스트—옮긴이)가 말하는 '모호성의 언어'(el lenguaje de la ambigüedad)를 사용하기 때문이다. 오네띠는 "[독자를] 이야기 속에 끌어들여 또하나의 인물로 변화시키는" 데 성공했다.

나사의 '반회전'

피할 수 없는 비평적 해석들을 읽고, 또 『아디오스』에 대한 무수한 견해를 잠자코 듣고 나서, 나는 아마도 필요불가결했을 나사의 일회전을 빠뜨렸음을 깨달았다. 더 나은 이해를 위해서였거나, 혹은 모든 것을 유동적이고 불확실하게 하기 위해서였다. 지금 리스본에서 볼프강 루칭 선생이 나타나 독일인과는 전혀 어울리지 않는 심오한 우아함으로 이 책에 대해 쓴다. 그리고 글의 말미에서, 놀랍게도, 우리를 진실과 결정적인 해석에 접근시키는 나사의 반회전을 감행한다. 그러나 외견상 쉬워 보이지만 위험천만한 나사의 반회전이 여전히 부족하다. 이 작업은 나의 몫이 아니다.

중요한 것은 나의 친구이자 동료인 루칭 선생 덕분에 우리가 더 가까워지고 있다는 점이다.

『아디오스』, 독자에게 바치는 오마주

후안 까를로스 오네띠는 1993년 죽음을 앞두고 문학적 유서처럼 써내려간 마지막 소설 『이제는 상관없다』 (*Cuando ya no importe*)를 발표할 때까지 오직 문학의 외길만을 걸었던 진정한 작가다. 그는 거의 바깥출입 없이 허구 세계에 몰입한 채 마드리드의 아파트 침대 위에서 마지막 12년을 보냈다. 이 기간에 그가 한 일이라곤 읽고 쓰는 것이 전부였으며, 최후의 순간에도 손에 한권의 책을 든 채 숨을 거두었다. 읽고 쓰는 것이 아닌 다른 것을 생각하는 것 자체를 '죄악'으로 여겼을 정도였다. 그러나 오네띠는 결코 글쓰기의 노예가 아니었다. 문학을 "연인 같은 존재"로 여겼던 이 "게으른" 천재에게 글쓰기는 행복이었고 존재이유였고, "그 쾌락은 쎅스와 같이 강렬한 것"이었다.

오네띠는 오늘날 라틴아메리카 문학을 대표하는 작가의 한 사람으로 확고한 위치를 점하고 있다. 1980년에는 스페인어권 최고 권위의 세르반떼스상을 수상해 그 문학성을 널리 인정받은 바 있다. 심지어 그가 몬떼비데오가 아닌 부에노스아이레스에서 태어났다면 라틴아메리카 문학의 슈퍼스타는 보르헤스가 아닌 오네띠였을 것이라고 말하는 사람들도 있다. 일찍이 지방색이 강한 지역주의 문학의 한계를 지적하고 도시문학의 문을 열었던 그는 라틴아메리카 문학에 근대성의 초석을 놓은 선구자였으며, 도시에서 살아가는 현대인의 소통 단절과 인간적 고뇌를 그린 첫 소설 『우물』은 진정 현대적인 최초의 라틴아메리카 소설로 평가받는다. 그러나 1970년대 이전까지 오네띠는 부당하게도 오랫동안 잊힌 작가였다. 동시대의 문학흐름과 동떨어진, 작가의 극히 염세적인 세계관도 그 한 원인이었을 것이다.

오네띠는 가상의 공간인 싼따 마리아(Santa María)를 배경으로 하거나 이와 직·간접적으로 관련된 일련의 소설을 가리키는 '싼따 마리아 싸가(saga)'의 작가로 잘 알려져 있다. 싼따 마리아는 『조선소』(*El astillero*, 1961) 『훈따까다베

레스』(*Juntacadáveres*, 1964)를 거쳐 『바람이 말하리라』
(*Dejemos hablar al viento*, 1979)에서 큰 화재로 파괴될 때까
지 오네띠의 많은 작품에서 중심무대가 된다. 작가는 싼따
마리아가 그가 태어난 도시 몬떼비데오에 대한 노스탤지어
의 산물이라고 말하지만, 가르시아 마르께스의 마꼰도와 마
찬가지로 20세기 중반의 라틴아메리카 작가들에게 깊은 영
향을 끼쳤던 윌리엄 포크너의 요크나파토파에서 영감을 얻
은 것으로 보인다. 『짧은 생애』(*La vida breve*, 1950)는 싼따
마리아를 배경으로 하는 첫 작품이자 장차 다른 소설들에서
반복적으로 등장하게 될 여러 인물들을 선보이고 있으며,
또한 욕망과 기만, 환멸이라는 오네띠 문학의 본질적인 요
소들을 포함하고 있다는 점에서 흔히 그의 대표작으로 간주
된다.

　작가 자신이 가장 선호하는 작품으로 알려진 『아디오스』
는 폐결핵환자인 전직 농구선수와 그의 여자들의 이야기를
마을에 단 하나뿐인 가게 주인의 시점에서 서술한다. 여기
에서 오네띠의 서술기법은 씰비아 몰로이가 말하는 '가십
픽션'(fiction of gossip)의 개념으로 설명할 수 있다. 다시 말
해, 한 개인(가게 주인-내레이터)이 다른 사람(독자)에게

제3자(전직 농구선수)에 관한 가십을 전한다. 가십은 언제나 권력게임이거나 혹은 자신의 지각을 다른 누군가에게 부과하려는 욕망이다. 가게 주인의 서술은 매혹적인 구술 이야기의 기법을 동원한다는 점에서 흡인력 있는 가십거리가 된다. 이는 독자의 공모를 유도하며, 우리는 가십의 전달자인 내레이터의 서술시점에 갇히게 된다. 처음부터 내레이터는 단 한번도 빗나간 적이 없는 예언능력의 소유자로 나타나며 '불가피한 이야기의 결말'을 이미 알고 있다. 따라서 이야기의 전개는 내레이터의 예언이 실현되어가는 과정에 다름아니다. 이런 이유로, 자신이 전직 농구선수에게 전해주지 않고 보관해둔 편지를 통해 여자들의 정체를 확인하고 자신의 판단이 틀렸음을 알게 되었을 때 내레이터가 느끼는 "부끄러움과 분노"를 그의 공모자인 독자도 그대로 느끼게 된다. 그러나 이것은 『아디오스』에 접근하는 가장 초보적인 하나의 독서방법에 지나지 않는다. 이 소설을 제대로 읽기 위해서는 기존의 독서방식과 작별해야 한다. 『아디오스』는 독자에게 많은 질문과 선택을 허락하고 독자의 상상력을 예리하게 자극하는 열린 소설이기 때문이다.

관점을 달리하면, 내레이터인 가게 주인은 처음부터 신

뢰할 수 없는 존재다. 간호사나 웨이트리스 같은 정보제공자들의 말은 언제나 내레이터의 일정한 여과과정을 거쳐 전달되므로 그 이야기는 주관적이고 부분적이며, 심지어 왜곡되기까지 한다. 기껏해야 이야기의 한 버전에 불과하며 불가피하게 논란의 여지가 있을 수밖에 없다. 다시 말해 다른 이야기(들)가 존재할 가능성이 있다. 인접한 의미단위들을 연결하는 독서로부터 일어난 것 대신 일어났을 수 있는 의미단위들에 대해 추정하는 독서로 이행할 때, 『아디오스』 읽기는 일종의 '의심의 해석학'(Verdachtshermeneutik), 즉 애매성(ambiguity)과 의심이 요구하는 해석들의 유희로 탈바꿈한다.

이야기의 애매성 때문에 헨리 제임스의 『나사의 회전』과 곧잘 비교되는 이 작품은 독자를 결코 이해하기 쉽지 않은 진실들에 대한 탐색으로 끌어들인다. 볼프강 루칭은 「에필로그」에서 이 소설의 수수께끼들에 대한 하나의 '해결'을 제안하고 있다. 작품 속의 소녀가 전직 농구선수의 딸이자 연인일 수 있다는 그의 분석은 내레이터의 예언능력에 대한 신랄한 조롱이다. 실제로 내레이터는 자신의 시야에 잡히는 것 이상의 복잡한 가능성을 예견할 수 없다. 목격자도 없고 자살 메모도 발견되지 않았다는 점에서 전직 농구선수의 죽음도 일종의 미스터리에 싸여 있다. 이처럼 독자의 관점에 따라 전직 농구선수의 근친상간과 피살, 더 나아가 그와 내레이터 간의 잠재적인 동성애적 관계에 이르기까지 해석의 가능성은 얼마든지 열려 있다. 또 텍스트 안에는 이러한 가설들을 뒷받침하는 충분한 실마리가 숨겨져 있다. 결국 그 어떤 것도 확실치 않으며 작가는 생략의 원리에 따라 의도적으로 설명되지 않은 씨퀀스, 즉 독자의 상상력을 위한 틈새를 남겨둔다. 현대의 소설가들 중에서 오네띠만큼 독자의 해석전략에 크게 기대는 작가는 거의 없다. 오네띠는「작가의 말」에서 루칭의 '해결'은 '결정적'인 것으로 보이지 않지만 이걸 제공하는 것은 자신의 몫이 아니라고 말한다. 작가의 말대로, 나사의 나머지 반회전은 텍스트의 진정한 주인공인 독자의 몫이다. 그러나 독자는 매번 작가가 치밀하게 설치한 함정에 빠질 수밖에 없다. 결정적 해결을 허락하지 않는 텍스트에서 결정적 해석을 얻고자 하는 승산 없는 게임에 걸려들기 때문이다.

아디오스

초판 1쇄 발행/2008년 5월 15일

지은이/후안 까를로스 오네띠
옮긴이/김현균
펴낸이/고세현
책임편집/김정혜
펴낸곳/(주)창비
등록/1986년 8월 5일 제85호
주소/413-756 경기도 파주시 교하읍 문발리 513-11
전화/031-955-3333
팩시밀리/영업 031-955-3399 · 편집 031-955-3400
홈페이지/www.changbi.com
전자우편/literat@changbi.com

한국어판 ⓒ (주)창비 2008
ISBN 978-89-364-7141-5 03890